›THARGE‹

›Krabumms‹
- die Fortsetzung

AF206521

Sabine Grassy

Sabine Grassy

›THARGE‹

›Krabumms‹ geht weiter …

Roman

Impressum

Bibliografische Information der Deutschen Nationalbibliothek:
Die Deutsche Nationalbibliothek verzeichnet diese Publikation in der Deutschen Nationalbibliografie; detaillierte bibliografische Daten sind im Internet über http://dnb.dnb.de abrufbar.
© 2023 Sabine Grassy
Herstellung und Verlag: BoD - Books on Demand, Norderstedt

ISBN: 9783744820165

Dieses Buch enthält mitunter Verweise zu Webseiten, auf deren Inhalte die Autorin keinen direkten Einfluss hat. Für diese Inhalte wird keine Gewähr übernommen. Für die Inhalte der verlinkten Seiten ist stets der jeweilige Anbieter oder Betreiber der Seiten verantwortlich.

Die Autorin

Die Autorin wird nicht leise, wenn es um das Erzählen besonderer Geschichten geht, die nicht einzig Hundeliebhaber ansprechen.

Besondere Gefühle müssen gelebt werden, was in der schnelllebigen Zeit viel zu kurz kommt.

Die ›Missionen‹ von ›Eddy und Mo‹ sollten nach dem Psychodrama ›WolkenWort‹ eine Pause erfahren, da die Psyche von Mo angeschlagen ist. Er sehnt sich nach seinen Wurzeln und möchte an den Ort zurückkehren, an dem er das Licht entdeckte.

Lhasa in Tibet.

Der Mensch, der ihm das ›Leben in den Welpen-Pfötchen‹ erklärte, ist der Einzige, der ihm nach der seelischen Erschütterung helfen kann. Tharge!

INHALTSVERZEICHNIS

Vorwort

Für alle Leserinnen und Leser, denen die Bücher von Eddy und mir unbekannt sind:

Ich bin nicht der Einzige mit einem Leben, einer Vorgeschichte, einer Gegenwart und Zukunft.

Wichtig genommen habe ich mich zu keiner Zeit.

Es tut mir leid, dass viele in ihrem Leben Enttäuschungen bewältigen müssen, die schwer wiegen und ihnen auferlegt wird, einen sog. ›Plan B‹ griffbereit zu haben.

Scheitern wir nicht alle mal als Opposition zu den schönen Dingen, die unseren Weg zu was Besonderen machen?

Ich bin kein Freund der ›Hobbypsychologie‹ und mir ist bewusst, dass es jahrelange Studienarbeit benötigt, anderen konstruktiv zu helfen.

Was ich mir dennoch nicht nehmen lasse, ist meine Überzeugung, dass ein Händeschütteln, das Streicheln eines Hundes, ein nettes ›Hallo‹ für einen ›Vergessenen‹ mehr bewirken, als jedes geheuchelte ›Du brauchst Hilfe‹ und ›ich bin da für Dich‹.

Tharge

Meine Familie ist der Ansicht, dass die Magie, die Tharge umgibt, mich heilen wird.

An welche besonderen Begabungen eines Mönches sie das knüpfen, ist mir unklar.

Ich verspüre Sehnsucht nach der heilen kleinen Welt vor ›WolkenWort‹, mit einer großen Sehnsucht in mir, ohne zu wissen, ob ich diese überhaupt noch finde.

Die traurige Geschichte des ersten Menschen, der gut zu mir war, die aus ihm einen anderen Menschen gemacht hat, werde ich mir in Erinnerung rufen.

Unabhängig vom Insiderwissen, falls Du meine Autobiografie ›Krabumms‹ nicht kennst, wird sie Dich - entweder erstmals oder erneut - ergreifen.

Tharge war ein erfolgreicher Geschäftsmann und liebevoller Familienvater.

Abends am Lagerfeuer hat er mir von seinen Aktivitäten außerhalb des Klosters erzählt und ich war der, der das Zittern in seiner Stimme bemerkte, sobald es eine Richtung verließ und Emotionen betroffen waren, was mir gefiel.

Abwechselnd zu Passagen, in denen er ununterbrochen sprach, gab es diese, in denen seine Stimme stockte und ich schnell begriff, dass er Erinnerungen ausblendete.

Ich war ein Kleiner und bin heute stolz, die Tragweite erkannt zu haben.

Unzählige Male lag ich flach auf dem Bauch, um ihm aufmerksam zuzuhören.

ICH SCHAUTE IHN NICHT AN SONDERN ZU IHM HOCH.

Heute erinnere ich seine Worte, als seien sie gestern ausgesprochen worden.

Für ihn war ich der Xinghuo.

Wenn ich Jahre später Worte hörte, die ähnlich klangen, hatte ich das Gesicht meines ›Tibeter mit Herz‹ vor mir.

Seine Geschichte, die er tief im Herzen trägt, erschütterte mich als jungen Hund in den Grundmauern meines Vertrauens zu Menschen.

Er hat viel besessen, bis er alles verlor.

Ohne Vorwarnung, ohne Anzeichen, ohne aktiv einen Anteil am Untergang gehabt zu haben.

Als Manager erfolgreich tätig, fand er abends Ruhe bei seiner Familie, einer tollen Frau, zwei ›Wunschkindern‹ und einem Shih Tzu.

Ja, die wahren ›zweibeinigen Helden‹ entscheiden sich für meine Artgenossen – das am Rande.

In seinen Augen war sein Glück perfekt und sein Lebensinhalt gefüllter, als er sich vorher erträumte.

Ruft Glück Neid bei anderen hervor?

Luan kam zur Sprache, sein ›bester Freund‹, sein Gegenbild.

Er war am Feiern interessierter als an Pflichten, führte er ein Leben auf der Überholspur und suchte, - ohne es zuzugeben - nach dem, was Tharge gefunden hatte, bis Luan zu einem Monster wurde wie Marvin.

Ich weine, weil ich an die Worte denke, die Tharge mir mit auf meinen langen Weg nach Deutschland gab.

Sein Gesicht war von Tränen übersät.

»Kleiner, einzigartiger, neugieriger Xinghuo. Lasse nicht zu, dass Dir jemand so nah kommt, der diese Nähe nicht angemessen zu schätzen weiß. Hinterfrage, zweifele und vertraue erst nach einer gezielten Prüfung. Suche nicht nach vielen Freunden, einer würde reichen, wenn er ›echt‹ ist‹.

Den habe ich in Eddy gefunden und sofort gewusst, was Tharge mit ›echt‹ meinte, während sein Mahnen vor etwaigen ›Falschen‹ auf Marvin zutrifft.

Seine Worte über diesen Unfall, der keiner war, machten mich fassungslos.

Das Auto, das explodierte und seine Familie auslöschte, war das, in dem seine Frau fuhr, weil er sich auf der Arbeit krankgemeldet hatte.

Sein ›Freund‹ wurde festgenommen und die Details, die Tharge bekannt wurden, verkraftete er einzig mithilfe eines ›kleinen Neuanfangs‹ in einem Kloster, wie er es bezeichnete. Überdies suchte er nach einem neuen Sinn im Leben, wählte die Einsamkeit und nahm die dringend notwendige ›innere Reinigung‹ in seine Hände.

Wieso liegen Freud und Leid so dicht beieinander?

Geht das eine ohne das andere nicht?

Die tiefe Bewunderung für diesen besonderen Menschen macht es möglich, dass ich mein kaputtes Herz wieder spüre.

Die anfänglichen Schuldgefühle, Tharge in Tibet zurückgelassen zu haben, verlor ich über die Jahre.

Dass er mir noch dasselbe bedeutet wie nach meiner Geburt, wird mir bei Problemen und in Krisen deutlich, weil die erste Frage, die ich mir stelle, eine in Bezug auf Tharge ist.

Was täte er in meiner Situation?

Tharge?
Ich brauche Dich.
Dringend.

Himmlischer Flug

Der langersehnte Tag ist gekommen und wir machen uns auf den Weg zum Flughafen.

Seit Tagen hält mich ein Mix aus Vorfreude und Angst im Griff.

Tharge wiederzusehen, was gibt es Größeres?

Wie gehe ich mit der Bestätigung um, dass er mich nicht erkennt?

Ich war ein Welpe, als er seine Zeit mit mir teilte.

Seitdem sind viele Jahre vergangen.

Ohne seinen Beistand habe ich einiges erlebt und ferner wird es seinem Leben keinen Stillstand gegeben haben.

Hatte er nach mir viele weitere Shih Tzu?

Ich zerbreche an dem Gedanken, dass er nicht zu verstehen vermag, dass mich in fiesen

Situationen eine undefinierbare Sehnsucht quält.

Fühlt er sich ausgenutzt, wenn ich in Anbetracht eines psychischen Traumas nach den Quälereien durch Marvin fest nach ihm verlange?

Marvins Geschichte kannten Eddy und ich aus TV-Berichterstattungen.

Seine Freundin war verschwunden.

Unser größter Fehler war, die ›falsche Mission‹ zu verfolgen.

Das Ziel, ihm seine Milena zurückzubringen, scheiterte nicht zuletzt an einem Lügenkonstrukt, dass Marvin auf der einen Seite aufrecht hielt und auf der anderen permanent ausgestaltete.

Was haben wir alles versucht, bis ich durch meine Fähigkeit, ›Wolken zu lesen‹, auf die Wahrheit stieß.

Meine Neugier, Dinge aufzudecken und mein Drang zur Ehrlichkeit sollten sich rächen.

Ich wurde tagelang gefangen gehalten und seelisch und körperlich misshandelt.

Unter den Folgen leide ich jeden Tag mehr.

Symptome des ständigen Wiedererlebens, Assoziationen mit Gerüchen und Geräuschen und panikartige Zustände brachten mir die Diagnose einer posttraumatischen Belastungsstörung ein.

Meine Familie hält ein Wiedersehen mit Tharge für eine geeignete Maßnahme, mein Herz zu reparieren.

Was, wenn Tharge nicht mehr am Leben ist?

Kommt im Falle seines Todes ein Belastungsfaktor oben drauf?

»Du denkst zu viel«.

Eddy schubst mich vom hinteren Autositz in den Fußraum.

»Aua. Spinnst Du?«.

Seine Art, mich abzulenken und aus meinen Gedanken zu reißen, empfinde ich abseits jeglicher Gewohnheiten als unsensibel.

»Mein operiertes Bein, Du Grobian«.

»Was für ein Gejammer. Erklärst Du Deine guten und schlechten Tage auf Lebenszeit mit Schmerzen? Drei Tagen ist es her, dass Du mir entgegnet hast, dass nichts mehr wehtut. Dein Herz ist das vorherrschende Problem und auf das kann man nicht stürzen. Los, bitte zeige mir, wie Du fällst. Du bist der Meister des Erprobens«.

Langsam krabbele ich hoch und zeige ihm die kalte Schulter, indem ich seine Hilfe ausschlage.

Eine ausgestreckte Pfote formt keinen Charakter.

Ich tippe von hinten auf die Schulter einer unsere ›Mamas‹.

»Habt Ihr das mitbekommen?«.

»Hier vorne hören wir nicht viel. Was ist los?«.

Ich schwanke zwischen dem Petzen und einer abrechnenden Rache, bis ich mich für Letzteres entscheide.

»Eddy will im Flugzeug nicht ins Handgepäck. Er zieht es vor, mit den Koffern im Frachtraum zu reisen«.

»Das haben wir anders besprochen, Mo. Du kommst in die Transportbox und Eddy in eine Reisetasche als blinder Passagier«.

»Na ›Witzli‹«, wer von uns ist nachher weg-gesperrt? Du harrst aus hinter Gitterstäben, während ich die Maschine erkunde«.

Ich lasse mir nichts anmerken.

Eddy denkt, dass es mich bis aufs Blut provoziert, wenn er mich auslacht.

Dass er es schafft, muss er nicht wissen.

»Ich fühle mich bestens aufgehoben in meiner Box. Mache Du Dich ruhig lächerlich vor allen Passagieren, wenn Du Dich bei Unruhen im Luftraum nicht auf den Beinen halten kannst«.

Seit einer halben Stunde schweige ich meinen Freund an, was ihn sichtlich stört.

»Mo, bitte, es war nicht so gemeint. Ich möchte die gleiche Box, die Du hast. Ich habe nicht umsonst zwei Wochen Diät gehalten, um die Voraussetzungen zu erfüllen, als Reise-gepäck zu gelten«.

Der Moment ist gekommen, an dem ich meine Abwehrhaltung aufgebe, weil ich mir das Lachen nicht verkneifen kann.

»›Mr. Koffer von Sack und Pack‹, mein Eddy. Amüsant«.

Schnell wird kein Moment entstehen, in dem er anderen erzählt, ich sei schnell gekränkt.

Er ist es, der sein Maul nicht mehr aufmacht, was ich nicht zuletzt aus dem Grund gut ertrage, dass wir das Parkhaus des Flughafens erreicht haben.

Warum wir jetzt in die Box müssen, ist mir schleierhaft.

»›Mamas‹. Ich muss Gassi«.

Mein Glück, dass ich rechtzeitig beim Verlassen der Tiefgarage einen Grünstreifen entdecke.

Wie gut die Großen funktionieren.

Popelige Bewegungen auf der Uhr sind zu verzeichnen bis zu diesem Moment, an dem wir abgesetzt und rausgelassen werden.

Als ich hinüberblicke zu dem großen Flughafengebäude, wird mir mulmig.

»Können wir nicht mit dem Auto nach Lhasa fahren?«.

»Wenn das ginge, würden wir Euch diesen blöden Flug ersparen«.

Unsere Frauchen kraulen mir den Hals.

»Um Dir Deinen Herzenswunsch zu erfüllen, nehmen wir gezwungenermaßen und zähneknirschend diesen Flug mit Euch und den Strapazen in Kauf. Nach dieser Reise ersparen wir Euch jede Fernreise«.

»Ich freue mich auf meine alte Heimat, die Klöster, Mönche und vorweg auf Tharge. Wir bringen es hinter uns«.

Wie muss Eddy mich lieben, dass er es auf sich nimmt bei all seiner Angst, die er mir vor einigen Tagen gebeichtet hat.

Wir finden uns an einem speziellen Terminal zum Check-In ein.

Als sie mich auf ein Band stellen, um ein Gewicht zu notieren, bin ich schnurstracks abgefertigt.

»Übergewicht, sie müssen einen Zuschlag zahlen, für ›Mehrgepäck‹« wendet sich eine Mitarbeiterin an unsere ›Mamas‹.

Ich schmeiß mich weg.

»Na, Dickerchen. Hast Du die dringend gebotene Diät heimlich gebrochen?«, rufe ich zu ihm rüber und bin berührt von seiner Antwort.

»Jedes Kilo brauche ich, um Dich in Tibet zu beschützen«.

Nach endlosen Formalien und nervenzehrender Warterei sind wir in der Maschine.

Ob der Fahrgastraum allen so eng vorkommt?

Bilde ich mir das Gefühl ein, eingepfercht zu sein? Basiert es auf der Geiselhaft durch Marvin?

Ich beginne zu zittern und zu weinen und werden ungeachtet dessen oben über meinen ›Mamas‹ mit Eddy in ein Regal geschoben.

Das könnt ihr nicht machen.

»Sobald wir in der Luft sind, holen wir Euch zu uns runter«, erinnert uns unsere ›Mama Perfekt‹ im Flüsterton an die Absprache, die wir im Vorfeld getroffen haben.

Beruhigt warte ich auf diesen Moment, den wir schnell nach einem schrecklichen Start erreichen.

Unsere Boxen werden runtergehoben und entgegen der Bestimmungen werde ich rausgeholt und liege auf einer Decke auf

›Mamas‹ Schoß, was mich mehr und mehr beruhigt.

›Mama Panik‹ hat große Mühe, Eddy auf ihrem Schoß zu halten. Seine Neugier überwiegt und vier Sitze vor uns jauchzt ein Junge vor Freude über tierischen Besuch.

»Schau Mama. Der Hund aus der Werbung«.

»Nee, Kleener, aus Berlin« stellt Eddy klar.

»Der kann sprechen, Mama. Das glaubt mir keiner. Wie heißt Du? Ich bin Tim«.

»Pass ma uff Keule, dit find ick knorke. Ich bin ›Big Eddy‹. Bis später Tim. Ich muss noch Unwichtigere kennenlernen«.

Unfassbar, dass er nach einer scheinbar großen Flugzeugparty auf einem Servier-tablett einer Stewardess sitzt und durch die Reihen geschoben wird.

»Na, Du ›kaiserliche Hoheit von Mücken-furz‹«, raune ich meinem Freund zu, als der Rollwagen neben uns hält. Ich kann nicht an mich halten, als ich die Mütze sehe, die ihm verpasst wurde.

»Kaiser von was?« fragt der, der denkt, einen Stern in den Staaten verliehen zu bekommen.

»›Von Mückenfurz‹. Du meinst, alles zu dürfen«.

»Ich gehöre zur Crew - stimmt's, Miss Germany?«.

Die hübsche Frau mit den strahlend weißen Zähnen lacht mitreißend.

»Nicht Miss Germany. Ich heiße Amelie, lieber Daddy«.

»Und ich Eddy, nicht Daddy«.

Unsere Frauchen sind beruhigt, dass ihnen keine Sanktionen drohen ob der Tatsache, die Vorgaben der Fluggesellschaft gebrochen zu haben, bis sie aufschrecken bei Eddys nächstem Vorhaben.

»Wann sehe ich das Cockpit?«.

»Erst mal beköstigen wir alle ›Hund Ungeduld‹«.

Amelie schiebt mit Eddy viel zu schnell weiter.

In allen Reihen wird gelacht.

Wir wollen nicht wissen, was für eine Show unser Macho abzieht.

»›Mama‹?«.

Ich schaue ihr tief in die Augen.

»Ist es normal, dass ich heulen könnte, wenn andere lachen?«.

»Du hast viel Schreckliches erlebt, Mo. Du musst Geduld haben«.

»Ich sehe in nichts einen Sinn. Eddy ist für alle zugänglich, erreicht Herzen, alle lieben ihn für seine Art und er rennt los und hat Spaß. Wie macht man das?«.

»Mit fehlt die Antwort, Dir das zu erklären, warum jemand das eine beherrscht, das der andere braucht, um gesund zu werden. Aus diesem Grund besuchen wir Deinen Tharge. Deine depressive Phase wird vergehen, wir glauben an eine spezielle Heilung durch ihn, Deinen ersten Vertrauten«.

Müde schließe ich die Augen.

Depressionen.

Ein Psycho wie Marvin, obwohl ich so nicht sein will.

Wach werde ich durch das Mikro.

Wer ist wohl dran?

Bis auf den Schoß des Piloten hat er es geschafft.

»Hey, Leute, hier spricht Euer Co-Pilot. Mensch, wenn Ihr sehen könntet, was hier alles leuchtet. ›Papa Pilot‹ - sind wir in Zeitnot? Hier würde ich drücken, kannst Du überblicken, ob wir später ohne Unfall landen? Hey, er hat mich verstanden«.

Drücken darf Eddy nicht.

Er kommt zu allen nach hinten und startet eine Petition.

Unter Johlen und Klatschen zelebriert Eddy seinen Auftritt.

»Reiß Dich am Riemen, ›Freggle‹«, wird er von unseren Frauchen ermahnt.

»Wir fliegen hier noch raus«.

»Nicht tausend Meter über dem Meer. Beileibe nicht. Ich bin ›auf Du und Du‹ mit dem Cockpit-Chef, er hat sich an meinen Humor gewöhnt. Wo ist das WC?«.

»Du musst in die Box, die Unterlagen sind saugfähig«.

Entgeistert schaut er mich an.

»Du Ferkel. Bei Deiner Sauberkeitsentwicklung habe ich in der Erziehung was falsch gemacht«.

Wenn ihm an meiner Erziehung ein großer Anteil nicht abzusprechen ist, lasse ich mir nicht unterstellen, Angst vor einer Toilette für Menschen zu haben.

Und das tut er unterschwellig, ich kenne ihn zu gut und rutsche vom Schoß meiner ›Mama‹ vor Eddys Pfoten.

»Komm, ich zeige Dir, wie und wo Du Dich erleichtern kannst«, baue ich mich vor ihm auf.

Das ›Nein, bleib hier‹ hinter uns ignoriere ich.

Eine Frau, die vor Sekunden diesen mickrigen Raum verlassen hat, hält uns grinsend die Tür auf.

Ich beobachte, wie mein Freund das hinbekommt, charmant grinsend das Innere zu betreten.

Buddha dankend verspüre ich keinen Harndrang.

Als ich noch am Überlegen bin, wie ich die Tür von innen zuhalte, höre ich einen lauten Strahl und drehe mich zu ihm um.

Nein. Er hat ›kurzerpfötchen‹ das Bein gehoben.

»Eddy, knallst Du völlig durch? Das hättest Du am Sitzplatz erledigen können«.

»Ich werde unser ›Zuhause auf Zeit‹ nicht beschmutzen. Erinnere Dich an mein ›Westie-Knigge‹, Mo«.

Ohne weitere Erklärungen ist er weg, bis ein Mann hereinkommt und mich scharf mustert.

»Ich war das nicht«.

Mein Statement scheint ihn milde zu stimmen.

»Das ist nicht schlimm. Ich habe gelegentlich danebengehalten, ohne dass ich jemandem eine Erklärung schuldig gewesen wäre«.

Mit Papierhandtüchern wischt er alles weg, streichelt mich und schiebt mich sanft aus der Tür.

Eddys Glück, dass er nicht an unseren Platz zurückgekehrt ist, sondern einer jungen Frau die Wolle beim Stricken hält.

Das WC-Debakel bleibt unser Geheimnis.

Nach dreiundzwanzig Stunden und drei Flugzeugstopps landen wir in Lhasa.

Finde Tharge

Nun stehen wir mit unserem Gepäck fernab der Heimat in einem für alle fremden Land.

Ich kann mich an nichts außer Tharge erinnern, die anderen drei verlassen sich hoffentlich nicht auf mich als Richtungsgeber.

Kein Schild verrät, wo wir uns befinden.

Was, wenn wir keinen Menschen treffen, der unsere Sprache spricht?

Reicht überhaupt der Name Tharge?

Das Einzige, was unsere Frauchen vorab in Erfahrung bringen konnten, war Lhasa.

»Tharge?«.

Ich laufe auf einen Tibeter zu.

»Tashi Delek«.

Der kleine Mann lächelt und streichelt mich.

»Was hat Tharge gesagt?«.

Ich schaue hoffnungsvoll zu unseren ›Mamas‹, die an ihrem Sprachübersetzer herumfummeln.

»Es ist tibetisch und heißt so viel wie ›Hallo‹. Warte, Mo. Wir versuchen es mal«.

Ich warte, während der Mann nickt und geht.

»Haltet ihn auf«.

Ich kann nicht fassen, dass keiner was unternimmt.

»Es ist nicht Tharge. Du kannst ihn jetzt nicht in jedem Mann sehen. Dieses Ding übersetzt nicht zufriedenstellend, aber im Potala-Palast[1] gibt es einen Dolmetscher. Den benötigen wir, wenn wir Tharge finden wollen. Ich rufe ein Taxi und wir fahren zum ›Roten Berg‹. Aufgegeben wird nicht«, versprechen mir die Großen.

Ein pompöser Palast.

Das war also der Regierungssitz des großen Dalai-Lama?

Ich bin beeindruckt und bekomme nur am Rande mit, dass Eddy schon wieder auf Alleingang ist.

---

[1] https://de.wikipedia.org/wiki/Potala-Palast

Mit dem Handy im Mund läuft er auf Pilger zu, lässt es fallen und ruft in die Menge.

»Tashi deleg. Gong dah. Kay nang gi ma ra Tharge«.

Unsere Frauchen schauen in das zweite Handy und lachen.

»Eddy, nichts ergibt einen Sinn«.

»Was hat er gefragt? Ich habe Tharge gehört und das ist niemals sinnlos«.

»Ohne Zweifel, wenn es um DEN Menschen geht, nach dem Dein Herz schreit. Aber Eddy hat einen guten Tag ausgerufen und sich in wenigen Worten entschuldigt, wohl für die Störung. Aber ›bitte sehr Tharge‹? Erkläre uns den Sinn der Aneinanderreihung von Worten, Mo«.

»Eddy«, winke ich ihn zu mir.

»Das bringt nichts«.

»Was bringt nichts?«, meldet sich eine tiefe Stimme hinter mir und ich schaue wenig später in die Augen eines alten, grauhaarigen Mannes.

»Sind Sie der Dolmetscher?«.

»Ihr sucht nicht nach mir, sondern nach Tenzin?«.

»Nein, nach Tharge«.

»Ein Dolmetscher namens Tharge sagt mir nichts«.

»Du wirfst alles durcheinander. Wer bist Du?«.

»Ich bin Jirki. Ursprünglich stamme ich aus Lhasa, bis ich vor achtzehn Jahren nach Deutschland geflohen bin. Vor Kurzem ist meine geliebte Frau gestorben und ich musste dringend raus aus den alten Erinnerungen. Die Heimat zur Trauerbewältigung zu nutzen, war mein Plan, der bisher scheitert«.

»Das mit Deiner Frau tut mir leid. Schmerzen nicht kompensieren zu können, ist fatal. Ich habe eine Idee. Finde Tharge. Was Gutes zu tun, wird Dich ablenken«.

Jirki scheint an meinem Vorschlag Gefallen zu finden und fordert mehr Informationen.

Hilflos blicke ich zu meiner Familie.

»Jirki findet ihn. Ihr müsst ihm nur helfen«.

In einem Café sitzen die drei und haben nach zwei Stunden noch immer keinen Plan.

»Eddy? Der will nur unterhalten und abgelenkt werden, helfen kann er nicht«.

»Warte, hörst Du nicht zu? Er kennt viele Mönche, hat Kontakte zu Ämtern und möchte die tragische Geschichte von Tharge nutzen, um mehr über seinen Verbleib zu erfahren«.

Tatsächlich.

»Zuerst suche ich die Bibliothek auf, in der sämtliche Zeitungsartikel mikroverfilmt aufbewahrt werden. 2015 war ich nicht vor Ort, sonst könnte ich mich erinnern. Schrecklich, was der Mann durchgemacht hat. Wir werden Deinen Tharge finden«.

Jirki bückt sich zu mir runter, um mich zu streicheln.

»Marvin hielt mich gefangen, ein Psychopath, der zwei Menschen umgebracht, Familien zerstört, Tiere angezündet und mein Herz zertreten hat« sprudelt es aus mir heraus, weil er wissen muss, warum ich bin, wie ich bin.

»Herrje, das ist ja grauenvoll. Was hat dieser Tharge damit zu tun?«.

»Er kann <u>das hier</u> heil machen«.

Ich strecke meine Brust in seine Richtung.

»Jetzt suche ich erst recht; wir alle brauchen einen Funken neuer Hoffnung. Bald schon liegst Du in den Armen Deines Seelenfreundes«.

Unglück

*J*irki verliert keine Zeit und startet mit einer ausführlichen Recherche.

Inzwischen haben wir Tenzin kennengelernt.

Äußerst charmant gratuliert er uns, dass wir nicht ihn als Dolmetscher gebucht haben.

»Mit meiner hilfsbereiten Art wäre ich in Gewissenskonflikte geraten. Ich arbeite ausschließlich für die Touristenbetreuung im Potala-Palast. Ein kleiner Passus in meinem Arbeitsvertrag verbietet mir eine Nebentätigkeit. Was führt zu der Suche nach Tharge?«.

Aufgeregt springe ich auf ihn zu.

»Kennst Du ihn?«.

»Kennen wäre übertrieben, doch ich glaube, dass man hier und auch in weiter entfernten Regionen niemanden trifft, der nicht Anteil genommen hat an dem Schicksal dieses besonderen Mannes, der immer wieder aufgestanden ist. Wer besitzt mehr Stärke?«.

»Lebten wir hier im Palast?«, möchte ich mehr aus meinen Tagen als Welpe erfahren.

»Ich verstehe nicht, was Du meinst«.

Unsere Frauchen klären Tenzin auf über meine Geburt in Tibet, meinen besten Freund Tharge und dass ich ihn zurückließ, als mir ein besseres Leben in Deutschland versprochen wurde. Weiterhin, dass ich in die Hände einer ›Welpen-Mafia‹ geriet, bevor ich in ihrem Haus (m)eine Familie fand.

»Das Leben ist manchmal gnadenlos. Treibt Dich die Sehnsucht in Dein Geburtsland?«.

»Ich stand kurz davor, umgebracht zu werden. Nichts hilft mir über dieses Trauma hinweg. Ich will zu Tharge, weil nur er mir helfen kann«.

Strafend schaut der Mann mit den zuvor strahlend schönen Augen unsere ›Mamas‹ mit einem finsteren Blick an.

»Eben noch von Familie sprechen und dann einen so süßen Hund umbringen wollen? Pfui Teufel«.

»Nein«, rehabilitiere ich meine Lieblingsmenschen und erzähle ihm Einzelheiten aus den letzten Wochen und der Bedrohung durch einen Straftäter, der mich durch Lügen erst in sein Spinnennetz aus Liebe, Zuneigung und Freundschaft und dann in seine Gewalt brachte.

»Manchmal denke ich, der einzige Mensch zu sein, dem solche Tragödien erspart bleiben. Deine Frage muss ich verneinen. Tharge stammt aus dem Chiu-Kloster, Du womöglich auch. Euer Kloster liegt in der Nähe des Heiligen Sees Manasarovar [2]. Einer Sage

---

[2] https://de.wikipedia.org/wiki/Manasarovar

zufolge konnte man in dem See seine Sünden wegschwimmen, bis 2019 dort ein Badeverbot verhängt wurde[3]«.

Meine Ungeduld führt ungebremst in einen körperlich ausagierten Auftrag an meine ›Mamas‹.

»Wir müssen ins Chiu-Kloster, sofort«.

Wild zerre ich an sämtlichen Hosenbeinen, weil mir alle wie eingefrorene Statuen vorkommen.

»Eure Lethargie ist untragbar. Kommt«.

»Wir müssen auf Eddy warten«.

Jetzt erst bemerke ich, dass mein Freund fehlt.

Was habe ich von Tharge, wenn mir Eddy abhandenkommt?

Dieser Stein, der fällt, wird meinen Kumpel alarmieren, als ich höre, dass er Jirki in die Bücherei begleitet hat.

Eddy ignoriert Esoterik und glaubt stattdessen an Zeichen und überlässt nichts dem Zufall. Aufgeregt steht er plötzlich neben mir.

»Alles gut, Mo?«.

---

[3] http://fernwehmotive.de/kloester-tibet/

»Ja, wir haben mein Kloster und Tharge«, kuschele ich glücklich meine Nase in sein Fell.

»Das glaube ich nicht, Kleiner. Wir reisen zurück«.

Jirki nickt.

»Wir erzählen es Euch ausführlich bei einem Abendessen«.

Als könnte ich mit der Vermutung, dass sich meine größte Befürchtung bestätigt, einen Bissen runterkriegen.

Welche Macht kann durch das Meditieren zerstört werden, wenn man loslassen will?

Als Shih Tzu erfülle ich rein optisch nicht die typischen Voraussetzungen für einen Mönch.

Aber ich lebe mit Hingabe den Buddhismus.

Jetzt noch mehr - für meinen Tharge.

Potala[4]

Meine Ungeduld und Neugier werden von Eddy auf eine harte Probe gestellt, indem er ein Abendessen torpediert und stattdessen ein Weltkulturerbe erkunden möchte.

Wie er eine Eintrittskarte ergattert hat, will ich lieber nicht wissen.

Zu oft musste ich erkennen, dass er herunterspielt, was andere unter krimineller Handlung verbuchen.

»Du musst Dich am Vortag der Besichtigung ausweisen, Eddy. Ansonsten räumen sie Dir kein Recht ein, den Palast zu betreten und Du fällst aus der Reservierung«, wage ich dennoch einen Versuch, ihm sein Handeln vor Augen zu führen.

---

[4] https://de.wikipedia.org/wiki/Potala-Palast

»Hier kommst Du ins Spiel, kleiner Mönch. Glaubst Du, Du kannst die Ordensbrüder an der Südwestseite ablenken, bis ich im Garten bin?«.

»Ich weiß nicht. Wäre ein legaler Eintritt nicht die bessere Option?«.

Jirki verspricht, für Tickets zu sorgen, damit wir am nächsten Tag den weißen Palast besichtigen können.

Am Abend haben wir alle Hände und Pfötchen voll zu tun, Eddy in seine Schranken zu weisen.

Wie ein Wasserfall sprudelt aus ihm heraus, worauf er sich freut.

Nichts hat mit den erlaubten Standard-Vorschriften zu tun.

Geht das gut?

Jirki hat uns darauf vorbereitet, dass uns zur Besichtigung eine Stunde zur Verfügung steht und die Mönche nicht akzeptieren, dass man zu lange irgendwo verweilt. Sie weisen einen anderen Weg, wahrscheinlich den nach draußen.

»Gibt es da wirklich tausend Räume?«.

Eddy schaut Jirki ungläubig an.

»Ich bin nicht der Typ, der mit Halbwissen angibt. Die einzelnen Details kenne ich nicht. Eins ist mir in Erinnerung geblieben: Ein Gang in den roten Palast ist für Besucher des Palastes vorschriftswidrig«.

»Nicht Dein Ernst. Der rote hat einen religiösen Hintergrund und Mo ist überzeugter Buddhist«.

»Sage das nicht mir, sondern richte Dich an die Obersten, die diese Vorschriften mittragen. Es gibt viele Buddhisten, die hierher pilgern und für die auch keine Ausnahme gemacht wird. Glaube mir der weiße Palastteil entschädigt durch seine beeindruckende Architektur«.

Ich beende dieses Gespräch, weil ich Angst bekomme.

Mein Kumpel sagt das eine - meint was anderes und am Ende macht er das, was ihm vorschwebt.

»Ich kenne den roten Palast. Langweiliger geht es nicht. Tharge sagte damals, dass Hunde dort weggefangen und später nie wieder gesichtet wurden. Beschränken wir uns auf den frei zugänglichen Teil?«.

Ich muss alles versuchen, um meinen Kumpel zu beruhigen.

»Abgemacht. Klare Regeln sind wichtig«.

Eddy stupst mich wohlwollend an; dennoch bin ich mir nicht sicher, ob er mich verstanden hat.

Am nächsten Tag ist ausgerechnet er es, der sich zurückhält, als wir die Außentreppen hochgehen und das pompöse Bauwerk betreten.

Wow.

Ich bin überwältigt.

Gerade als ich Eddy mitreißen will, um ein großes Gemälde aus der Nähe zu betrachten, muss ich feststellen, dass er seine guten Vorsätze verbuddelt hat.

Einige Pilger haben eine Gruppe gebildet und zeigen lächelnd nach oben.

Das kann nicht sein Ernst sein!

Ich sehe ihn an einem Kronleuchter hängen.

Schwingungen wie bei einem Parkour von ›Ninja‹.

Warum fällt ihm schwer, in den richtigen Momenten leise zu sein?

»Hört mich an, liebe Buddhisten und ›Andersgläubige‹. Da unten steht mein Kumpel. Er ist hier im Palast geboren und wird der nächste Dalai Lama. Bringt ihm die nötige Hochachtung entgegen«.

Plötzlich kommt die Gruppe mit ihrem Dolmetscher auf mich zu.

Verneigen sie sich meinetwegen?

Oh, Eddy, was tust Du bloß?

Was für ein Glück, dass mein Gesicht von Fell bedeckt ist und nicht verrät, wie rot ich geworden bin.

Ob Tharge dabei ist?

Warum macht er sich nicht bemerkbar?

»Tharge« schreie ich in die Gruppe. »Zeige Dich endlich«.

Tatsächlich kommt ein Mann auf mich zu.

Dass ich ihn größer in Erinnerung habe, schiebe ich gedanklich beiseite.

»Tharge, ich brauche Dich«.

Von hinten werde ich angefasst und zucke zusammen.

Beinahe hätte ich nach Jirki geschnappt.

»Tue das nie wieder. Wir haben Dir von Marvin erzählt und dass er schneller war und mich packte, als ich entkommen wollte. Ich ertrage diese Art der Annäherung nicht«.

»Entschuldige meine Entgleisung. Trotz meines Alters bin ich nicht frei von Fehlern. Ich möchte Dir keine Illusion zerstören, aber das hier ist ein anderer Tharge, nicht Deiner«.

»Ich weiß«, entgegne ich traurig. »Ich habe null gespürt. Es müsste gefühlsmäßig Besitz von mir ergreifen, wenn ich in die Augen von meinem Tharge schaue«.

Ein lauter Schlag hinter mir durchbricht meine Gedanken.

Hat sich Eddy wehgetan?

Doch der steht wohlbehalten vor mir.

»Kaum poltert was muss ich das sein, was? Ein Mönch, der hier einen Aufseher-Posten bekleidet oder es denkt, hat was fallen lassen. Trotzdem bin ich des Palastes verwiesen worden wegen meiner Lampen-Attraktion oder -Aktion. Die Gärten draußen sind traumhaft schön, lass uns spielen gehen. Lange ist es her, dass ich Dich ausgelassen erlebt habe. Komm, mein ›lütter Grashopser‹«.

Seine Pfote reißt mich mit, und im Augenwinkel sehe ich, dass die Großen uns folgen.

Mein Freund legt los.

Von ›Hüpfspiele‹ über ‹Drei-Haxen-Laufen‹, ›Anschleichen‹, ›Wettbellen‹ bis hin zu ›Schattenfangen‹ legt er sich ins Zeug.

Bei Letzterem wird er abartig fies. Ich soll seinen Schatten berühren. Läuft er mitunter wie ein Senior, rennt er heute nahezu um sein Leben. Ich kann nicht gewinnen. Dem ungeachtet, wann habe ich zuletzt so viel und ehrlicher gelacht?

Danke, mein Freund.

Viel zu schnell wollen die anderen aufbrechen.

»Hey, ein Spiel noch«.

Ich laufe zu einer Beet-Anlage, an der eine klobige Kette hängt, die geeignet ist zum Seilspringen.

Als unsere ›Mamas‹ sie unter uns hin und her schwingen und Eddy und ich jauchzen vor Glück, werden wir endgültig des Geländes verwiesen.

Mit einem schlechten Gewissen versuche ich die richtigen Worte zu finden.

»Wie konnte ich Euch das antun? Habt ihr hier Hausverbot?«.

»Ach, Mo. Wir kommen ohnehin nicht wieder her, bringen folglich kein Opfer. Dein Lachen nach dunklen Wochen wird von nichts übertroffen. Dafür würden wir noch ganz andere Sachen machen«.

Glücklich schmuse ich mich durch Beine, bis ich Eddy erblicke.

Eben noch an meiner Seite hat der Kerl tausend Dinge im Kopf und mit einer Idee beschäftigt er sich gerade.

»Er verhandelt um den Preis für eine Fahrrad-Rikscha. Bitte mache nicht den Fehler zu glauben, dass Du das ausgehändigt bekommst und der Fahrer zurückbleibt«.

Auch Jirki lacht über Eddys Vorstellungen und sinniert über Kaufpreis versus Miete.

Mit der Rikscha zum Schatzpark

Teddy zeichnet charakterlich aus, dass er aufkommenden Streit vermeidet, indem er sich im rechten Moment zurücknimmt.

Folglich fahren uns zwei ›Landeskinder‹ mit den Rikschas zu einer Parkanlage, dem Norbulingka[5].

An diesem idyllischen Ort reden wir Tacheles.

Mit einem Abendessen lockt niemand einen Hund hervor, dem es einzig um Wiederherstellung seiner geistigen Gesundheit geht.

Mich quält der Gedanke, dass Tharge nicht mehr unter uns ist. Gehen sie alle so weit, mich anzulügen, um mich zu schonen?

---

[5] https://de.wikipedia.org/wiki/Norbulingka

»Sagt mir, war er krank oder war es ein Unfall?«.

»Von welchem der vielen Dalai Lama sprichst Du?«, fragt Jirki.

»Stelle Dich nicht blöd. Tharge ist tot und Ihr redet drumherum«, schreie ich meine Verzweiflung heraus.

»Ihr macht es mir nicht leichter, indem wir stundenlang schöne Orte besuchen, von denen ich nicht einmal weiß, ob sie Tharge was bedeutet haben«.

Als ich weinen muss, nimmt mich ›Mama Perfekt‹ in den Arm, aus dem ich mich schnell winde.

»Wie kann ich lernen, wieder Nähe zuzulassen, wenn der, der mir helfen könnte, für mich nicht mehr erreichbar ist?«.

»Greifbar ist er nicht, das hast Du längst gespürt«.

Ihr angelerntes therapeutisches Geschwafel kann sich ›Mama Panik‹ sparen.

»Ich habe eine Idee, die ein wenig die Brisanz aus der Situation nehmen. Hier wird niemand missverstanden und jeder von uns möchte für

Mo das Bestmögliche. Wir besichtigen den eindrucksvollen ›Juwelengarten‹ (Norbulingka), und zur Vollendung eines schönen Tages besuchen wir den formidablen Zoo«.

Glaubt Jirki, dass ich mich durch die Vielfalt der Sehenswürdigkeiten besänftigen lasse?

Er klingt wie jemand vom Reisebüro, dem an einer großen Ausbeute mehr liegt als an der Seele eines traurigen Shih Tzu.

»Wir sprechen von einem der wichtigsten Menschen meiner ›Welpen-Zeit‹ und Du köderst mich mit alten Steinen und fremden Tieren? Zeigt mir sein Grab, bevor wir abreisen. Damit helft Ihr mir, wenn ich denn schon Abschied nehmen muss«.

Meine ›Mamas‹ ziehen die Kopie eines Zeitungsartikels aus der Tasche.

»Später werden Dich diese Zeilen wärmen. So viel vorweg: Dein Tharge lebt«.

Ich kann nicht glauben, was ich höre und meine Tränen könnten nicht ehrlicher sein.

Er lebt?

»Kommt, lasst uns diese Tour durchs Paradies schnell hinter uns bringen, damit ich erfahre, wo sich der Tibeter aufhält, der den Grundstein für mein Ich gelegt hat«.

Zugegeben, meine Ungeduld tritt in diesem Moment gnadenlos auf meine romantischen Adern ein.

Ich bin erleichtert, dass Eddy auf seine unverwechselbare Art schnell für Ablenkung sorgt.

Er sitzt im Audienzzimmer und benimmt sich königlich.

Die Augenbrauen hochzuziehen und die Brust nach außen zu strecken, das beherrscht mein Freund.

»Guten Tag, ›Apostel Mo‹, sehnst Du Dich nach einer Privataudienz?«.

»Nö. Du bist weder ein Dalai noch ›mein Gauti‹ (Siddhartha Gautama[6]). Ich bin ein ›Gesandter Buddhas‹. Verschwinde da, mit welchem Recht besetzt Du den falschen Platz?«.

Mit einem ›empörten Spielverderber‹ verlässt Eddy den Raum, und wir trauen

---

[6] https://de.wikipedia.org/wiki/Siddhartha_Gautama

unseren Augen nicht, als wir ihn schnarchend im Schlafraum finden.

»Jetzt tut er so, als wäre er die Rikschas gefahren«, flüstere ich.

Heute habe ich die Lacher auf meiner Seite.

Erst recht, als ich mein Trauma in Gewitzel verwandele.

»Hey Eddy, wolltest Du nicht immer für mich da sein?«, brülle ich in sein Ohr. »Marvin ist aus der Justizvollzugsanstalt geflohen und soll schwer bewaffnet sein«.

Mit weit aufgerissenen Augen springt er auf mich zu, bis wir beide am Boden liegen.

»Wo ist der Scheißkerl?«, fragt er ängstlich in einer Weise, als sei er vor Wochen Teil dieser traumatischen Geiselhaft gewesen.

»Bei Tharge. Die zwei lassen sich ein Bierchen schmecken«.

»Verdammt witzig, Mo. Findest Du diese Art von Scherzen angesichts Deiner psychischen Spätfolgen nicht ein wenig makaber?«.

»Gegenfrage: Warum tangiert es Dich nur peripher, dass Du mich im Ungewissen lässt, was aus Tharge geworden ist? Ich verstehe unter Freundschaft was anderes«.

»Warte«.

Er stoppt meinen Abgang.

»Du hast recht. Vielleicht bin ich mitunter wie ein nicht erwachsen gewordener Welpe, ein Freund bin ich aber bei jedem Deiner Herzschläge«.

Traurig und mit gesenktem Kopf animiert er uns, die Residenz zu verlassen und zu einer Freilichtbühne im Park zu gehen.

Sitzplätze bekommen wir von Eddy zugewiesen, bevor er die Bühne betritt und sein Publikum begrüßt.

»Meine Damen und Herren, gehen Sie oder hören Sie weg. Diese Aufführung widme ich einem einzigartigen Shih Tzu«.

Es war so klar, dass er das Laken, das zu Dekorationszwecken auf dem Bett im Schlafraum lag, zweckentfremdet.

Wild wirbelt er mit dem übergroßen Stoff vor allen herum, um einen Zauber plastisch darzustellen, der vermeintlich von seinen Pfoten ausgeht, bis er sich verfängt und von der Bühne plumpst. Wirklich, er fällt nicht, er schafft es auch in kleinster Höhe dumpf zu fallen.

Den Zuschauern bereitet es Freude und auf das Klatschen unserer Frauchen und Jirki hat Eddy die passende Antwort:

»Mein Auftritt war in dieser Dimension geplant. Wer mich kennt, weiß, dass ich nichts dem Zufall überlasse. Mein lieber Mo. Ich bin einer der ›Echten‹, falls Du Dich erinnerst. Der ›Echte‹ für Dich. Ich glaube, dass ich mich zeitweise auf dem Gefühl ausgeruht habe, dass ICH es bin, der Dir Dein Lachen zurückgeben wird. Dutzendfach habe ich Dir krankhafte Eifersucht vorgehalten, als Du gelitten hast bei jedem fremden Hund, mit dem ich spielte, der mir aber nichts bedeutet hat. Dabei bin ich es inzwischen, der krank ist. Ich leide, dass Du einen Mann brauchst, den Du jahrelang nicht gesehen hast, um gesund zu werden, während ich mitunter als Störfaktor angesehen werde, obwohl ich seit Jahren an Deiner Seite lebe, liebe und leide. Ich brauche nur Dich. Das Tharge lebt, gönne ich Dir von Herzen. Kannst Du dennoch meine Angst verstehen, dass Du überlegst, an seiner Seite leben zu wollen? Ich schlafe kaum noch, weshalb es mich im Schlafgemach vor Müdigkeit umgehauen hat. Ich liebe Dich mehr als mich und es ist mir die größte Freude, Dir gleich im Zoo bei den Schlangen und Krokodilen eine freudige Nachricht zu verkünden«.

Schlangen und Krokodile?

Ich überhöre das und renne auf meinen ›ECHTEN‹ zu.

Dieser Moment gehört uns und wir vergessen jegliche Frotzelei.

»Auf zu den Zebras«, korrigiert Eddy guten Willens seinen Plan. »Meinst Du, ich kann auf einem reiten?«.

»Frage das ›Schwarz-Weiß-Ding‹ lieber direkt. Die Menschen trampeln ungefragt allezeit über ihre Streifen. Nicht, dass sie auf Rache aus sind«.

Wir lachen und gehen eng aneinandergeschmiegt auf das Tierareal zu, dicht gefolgt von unseren drei Begleitern.

Dass mir der Moment bevorsteht, an dem ich erfahre, wo sich Tharge aufhält, wird bei all den warmen Gefühlen beinahe zur Nebensache.

Danke Jirki

Ich stand vor der Entscheidung, das gewünschte Abendessen stattfinden zu lassen oder es abzusagen.

Ein geselliges Beisammensein sollte stellvertretend für alle Feiglinge herhalten, die es vorher nicht geschafft haben, mir reinen Wein einzuschenken?

An einem gedeckten Tisch erhalte ich von jedem ein Häppchen Tharge?

Ich entscheide mich für die Worte von Eddy, unverfälscht und auf mein Seelenheil bedacht. Wir sitzen wie zwei völlig ›normale‹ Hunde in einem fremden Land vor einem Wildgehege.

Irgendwie passt nichts und doch wirkt es perfekt!

»Spanne mich nicht weiter auf die Folter, Dickerchen«.

Ich boxe in Eddys Speckrolle.

»Was haben Euch die Zeitungsschnipsel verraten?«.

»Nicht so schnell, Hungerhaken. Die Artikel kamen uns nicht entgegen. Als wir die Bücherei betreten haben, fragte eine ältere Bibliothekarin Jirki nach unserem Bestreben. Er hatte den Namen Tharge gerade ausgesprochen und den Unfall seiner Familie wirklich nur in Teilen umrissen, als die Frau ihre Hand vor ihr Gesicht schlug. Sofort wusste sie, um wen es geht, bat uns um Geduld und lieferte einen Haufen von Berichten über Deinen Tharge. Dem Letzten zufolge hat er Tibet verlassen, um nach Deutschland auszureisen. Guck«. Eddy legt mir eine Kopie vor, auf der ich Tharge wiedererkenne. Grau geworden ist er, jedoch ist sein verschmitztes Lächeln, dieses spitzbübische geblieben.

»Er sitzt im Rollstuhl, Eddy? Warum nur? Was hat der Mann nach mir erlebt, was er noch verdient hätte?«.

»Vertraue mir, ich habe alles versucht, um mehr herauszufinden, aber in jeder Veröffentlichung suchte ich Hinweise auf eine

Erkrankung oder einen Unfall vergeblich. Ich weiß es nicht, Mo. Wir werden ihn in Deutschland ausfindig machen. Er wird Dir viel zu erzählen haben. Wichtig ist nur, dass er lebt«.

Lange schaue ich auf das Schwarz-Weiß-Bild und weiß wieder, was mich an ihm faszinierte.

Dieses Unbekümmert-Sein, das sich körpersprachlich mitteilt, unabhängig von den mir bekannten und vermutlich weiteren Schicksalsschlägen.

Ich liebe ihn.

Um Eddys Eifersucht nicht zu schüren, unterdrücke ich Gefühlsausbrüche und versuche unbeeindruckt zu wirken, als ich sage, dass es mich beruhigt, dass er ein Leben hat.

Hat er das wirklich?

Gab es je eines nach dem Auslöschen seiner Familie?

Ich muss ihn sprechen und es macht mich fertig in Tibet zu sein.

Tibet, das Land, das uns verband und uns gerade trennt.

»Du, ›Freundesding‹? In den letzten Tagen hast Du mir am meisten geholfen. Dein Unfug ist meine Heilung. Danke, Eddy«.

»Das musst Du nicht tun«.

»Was?«.

»Mich in Sicherheit wiegen. Ich Hornochse mache Dir eine Eifersuchtsszene nach all dem Unfassbaren, das Du durchgemacht hast. Ich gönne Dir einen zweiten Freund. Ist er nach Deutschland gegangen, um Dir näher zu sein?«.

»Und doch bist Du eifersüchtig«.

Mein breites Grinsen reicht von Lhasa bis in unsere Heimat.

»Ich vermisse Tharge, dazu möchte ich stehen dürfen. Vermisst Du nie Deine Schwester?«.

Dass Eddy mir nicht antwortet, aber traurig wirkt, spricht für ein Wespennest.

»Uns wird nichts und niemand trennen. Dennoch brauche ich das Streicheln meiner Seele durch Tharge, bevor ich vor Spannungen platze«.

Meine Nase stupst den größten aller Machos an, und dass er das Küssen erwidert, ist ein Meilenstein.

Danke, Tiger.

Auf einmal zieht er einen Zettel hervor.

»Das ist für Dich«.

»Du hast mir geschrieben? Wow«.

»Leider nicht ich. Wieso komme ich nicht auf die einfachsten und doch bedeutendsten Dinge?«

Ich gucke auf ein paar Worte und ein Porträt von Tharge aus einer Zeit kurz nach meiner Ausreise nach Deutschland.

Tränen verschleiern meine Augen und ich danke meinem Freund, dass er die Situation sofort erkennt und mir vorliest.

»Ich bin Tharge, ein einfacher Mann mit einfachen Vorstellungen vom Leben und einfachen Wünschen. Das Leben ist immer schön, unabhängig von dem, was uns widerfährt. Durch meine Arbeit im Kloster lerne ich alle Shih Tzu kennen, die für uns eine große Rolle spielen. Nicht jeder Tzu ist wie der andere. Aber dann kam ›ER‹, vom ersten

Moment an spürte ich eine nie zuvor da gewesene Verbundenheit. Er schaute mich an und ich wurde weich wie Buddha, äh, wie Butter. Jedes Wort von ihm hatte mehr Gewicht als Tausende der Buddhisten, mit denen ich zu tun hatte. Unfair fand ich mich schon, dass ich einige Tzu links liegen ließ, nur um Zeit mit ›meinem Tzu‹ zu verbringen. Inzwischen habe ich erfahren, dass mein Xinghuo in Deutschland Gizmo heißt. Komischer Name, aber er passt zu ihm. Ja, ich ließ ihn gehen, obwohl ich wusste, dass es mein Herz bricht. Jeder hat ein Recht auf Glück. Liebe Deutsche, passt bitte gut auf ihn auf. Er ist was ganz Besonderes«.

Ich muss mich fangen, um Eddy der Freund zu sein, der er für mich ist.

»Deinem ›Wimmer-Tzu‹ ist nichts wichtiger, als dass Dein Herz keinen Schaden nimmt, weil meines gerade spinnt. Dass Du alles auf Dich nimmst für mich, diese lange Flugreise, die reizüberflutenden Eindrücke, Menschenmengen und die Konfrontation mit Gefühlen, die ich für jemand anderen hege, es gibt keinen größeren Liebesbeweis. Bin ich sehr unsensibel mit meiner Bitte, sofort abzureisen, um Tharge zu finden?«.

»Bin ich sehr unsensibel, wenn ich Dich bitte, dass wir noch eine Nacht im Hotel verbringen, um uns heute Abend von Jirki zu verabschieden? Er trauert um seine verstorbene Frau, hat aber nicht eine Minute gezögert, im Zeichen der Liebe für Dich tätig zu werden. Er hat einen abrupten Abgang nicht verdient«.

An Jirki habe ich nicht gedacht und könnte mich ohrfeigen für so viel Ichbezogenheit.

»Ich liebe Dich für Dein Feingefühl. Womit machen wir ihm eine Freude?«

»Mit der perfekten Mischung aus Eddy-Ablenkungstricks und imaginärem Pfötchen-Auflegen«.

Wie schnell sich Befürchtungen bei mir einstellen, sobald mein Freund von Tricksereien spricht.

»Im legalen Rahmen muss es sich bewegen, sonst wird Deine Strategie schnell zur nächsten Pandemie«.

»Passe auf. Ein Novum, Mo, dass ich Dich im Vorfeld einweihe, was mir vorschwebt. Wir feiern ganz ohne Luftballons und ›Träller-Zeugs‹ in der Sauerstoff-Lounge «.

»Die Ecke, in der den ganzen Tag Dauerfrost ist, weil die Kluft in Tibet schlimm für viele ist?«

Warum lacht er nun wieder?

»Fast richtig. Diese Kissen-Front unten im Wellness-Bereich. In den Raum wird Sauerstoff gepumpt, weil die Luft in Tibet dünn ist«.

»Ich kann was damit anfangen, wenn Du sagst, dass die Luft dick wird«.

»Wer das Klima nicht gewohnt ist, braucht einen künstlich erzeugten Ausgleich«.

»Jirki ist ein Tibeter, vergessen?«.

»Nein, ›Mo Scharfsinn‹«.

»Shih Tzu, nicht Schaf. Setze ein ›R‹ dazwischen und ich sehe über Deine Legasthenie hinweg«.

»Mein Klosterbruder, ein ›R‹ kostet vier Unfug-Freifahrtscheine. Ernsthaft jetzt. Das Element Sauerstoff hilft auch bei anderen Beschwerden«.

»Er verliert seine Trauer?«.

»Wunder erwarte bitte nicht. Glaubst Du, Dein Herz ist just in dem Moment geheilt, sobald Du Tharge siehst? Alles benötigt Zeit. Die braucht auch Jirkin. Auf einem - manchmal sinnlos erscheinenden - endlosen Weg sorgt Sauerstoff für eine Besserung der Gesamt-befindlichkeit. Nebenbei wirkt eine Kopf-massage wie ein Durchwirbeln eingefahrener Gedanken. Was fühlt jemand, der das Liebste verloren hat? Woran soll er glauben, wenn das Wichtigste wegbricht und er quasi sein Leben bei null startet? Doch eine Massage ist wahres Wohlbefinden. Ich wünschte, Du würdest das öfter bei mir machen«.

»Als die ›Mamas‹ in dieser Lounge waren, habe ich keine Masseure gesehen«.

»Wozu hat Dir ›Dein Buddha‹ vier Pfoten gegeben?«.

Wieder amüsiert sich der Spaßvogel.

»Ein Brief zum Danke-Sagen würde reichen, Eddy«.

»Gute Idee, den legen wir auf seinen Platz in der Sauerstoff-Lounge. Komm, wir suchen die anderen, es muss viel organisiert werden«.

Vorbei an vielen Zoo-Tieren muss ich verdammt schnell sein, um Eddy nicht zu verlieren. Er macht eh, was er will.

Jirki, wir sagen Dir auf besondere Art Tschüss.

Bis zum Abend schreiben wir einen Brief und schmücken in Absprache mit dem Hotel-Personal die ›Tschüssi-Lounge‹.

Während Eddy die Lichter mit Sternen aus Pappe dämmt, stelle ich überall kleine Schalen mit Knabberzeug auf. Jeder liebevoll angehängte Zettel erinnert an diese ›Glückskekse‹.

Glück hat Jirki wahrlich verdient.

»Hey, Mo. Ich hole Chen Lu«.

»Wozu brauchst Du im Spa-Bereich einen Schuh?«.

Nase an Nase steht er plötzlich vor mir und brüllt, als befände ich mich in unsichtbarer Ferne.

»Cheeeeeeen LU! Sie ist die Koryphäe auf dem Gebiet unvergesslicher Massagen. Tue Dir und mir einen Gefallen, der in die Geschichte eingehen wird. Du gibst Dich nie mit

Mittelmaß zufrieden und stehst auf Glanzleistungen. Eine erreichst Du, wenn Du Dir die Ohren zupfen lässt, solange ich weg bin, geliebter ›Taub-Shih‹.

Wer ist denn nun wieder ›Taub-Shih‹? Klingt nach einem Tibeter.

Ich frage lieber nicht.

Unsere ›Mamas‹ kommen zur Tür rein, was mich erleichtert, weil mich dauernd Angst beschleicht, sobald ich Situationen nicht kontrollieren kann.

Sie haben an wirklich alles gedacht und es gibt nichts, was sie nicht im Gepäck haben.

»Habt Ihr extra eingekauft?«.

»Es soll ein Abschied werden, den Jirki nicht vergisst«. Mich berühren die Worte von ›Mama Perfekt‹ und sie legt mir Fotos von Eddy und mir in kleinen Bilderrahmen vor, LED-Kerzen, weil die echten aus Sicherheitsgründen nicht erlaubt sind, viele kleine Dekorationskleeblätter und ›Krabumms‹ sowie ›Rückbatscher‹ - unsere wichtigsten Bücher.

»Die Krönung folgt«.

Krönung?

Eine Steigerung ist unmöglich. Ich bin überwältigt und freue mich auf das Gesicht von Jirki.

Das hat es zu später Stunde in sich.

Hat ein Mensch je mehr Facetten gezeigt als er, als er staunend den Sauerstoff-Partyraum betritt?

»Ihr seid wahnsinnig«.

Sichtlich gerührt und mit feuchten Augen setzt er sich sofort in den großen Sessel, der seinen Namen trägt.

»Womit habe ich das verdient?«.

Ich laufe zu ihm, denn die optimalen Erklärungen kommen selten von Eddy.

»Weißt Du Jirki, dass die Menschen immer komischer werden? In Wohnanlagen sterben Nachbarn und werden wochenlang nicht gefunden. Freundschaften werden aus nichtigen Gründen dem anderen vor die Füße geworfen, als hätte man sich nie gekannt, Kollegen werden ›weggemobbt‹ und Kranke und Alte fallengelassen und ausgegrenzt. In meiner größten Lebensnot warst Du ein Fremder, wie ich für Dich auch. Wie schnell hast Du mir Deine Hilfe angeboten und Dich darüber hinaus eingebracht in eine Geschichte, die Dir fremd war? Mich hast Du innerhalb kürzester Zeit beeindruckt. Ein Denkmal für so viel Menschlichkeit sollte man Dir setzen. Du Jirki? Ich würde Dich adoptieren, wenn Du nicht schon so alt wärst«.

›Pfoten-klatschend‹ steht mein Kumpel neben mir.

»Ganz brauchbar, Deine Rede - bis auf den letzten Satz«.

»Es heißt doch adoptieren«, verteidige ich meinen Vortrag corpore.

Alle lachen.

Nun gut, bei meinen Worten hätte ich mir größere Hysterie versprochen, mit ein paar Tränchen vielleicht.

Jirki erhebt sich, nimmt mich auf den Arm und küsst mich.

»Ich korrigiere. Nicht nur Dein Alter spricht dagegen. Ich finde ›Kuschelfrontalattacken‹ ätzend. Lass mich auf der Stelle runter und zerknautsche Eddy, der ist Autist, glaube ich, und lässt es an sich abprallen«.

»Ich wollte Dir danken, Mo«.

Jirki setzt mich auf den Boden.

»Du bist ein Grobian. Warum zerstörst Du den Zauber, Jirki? Wir sagen Dir Danke. Du kannst den Schuh nicht umdrehen. Wo ist sie überhaupt, dieser urige Schuh?«.

Fragend schauen mich alle an, nur mein Buddy nicht. Der winkt und eine junge Thailänderin betritt den Raum.

»Jirki, setz Dich wieder hin, schließe Deine Augen und genieße zwanzig Minuten die Zauberhände einer wahren Knetkur-Künstlerin«.

Eddy platzt vor Neugier bei der Frage, ob der ›König des Abends‹ merkt, dass wir ihm derweil die Füße kneten.

Es braucht nur wenige Minuten, bis wir ein zufriedenes Schnarchen hören.

So teilt sich Entspannung mit.

Auch der schönste Abend geht einmal zu Ende und die endgültige Verabschiedung rückt näher.

»Was hast Du in dem Brief geschrieben, Mo?«, fragt Eddy neugierig, als wir sehen, dass Jirki ihn öffnet.

»Ich kann nicht schreiben, das weißt Du doch. Ich habe gemalt«.

Nun weint der Mann, der bis hierher Nerven wie Drahtseile bewiesen hat, wie ein kleines Kind.

»Auf dem letzten Weg meines Lebens werde ich Euch nicht vergessen. Euer Brief wird mein Talisman. Ich stecke ihn in meine Brieftasche«.

Vorher zeigt er ihn stolz herum.

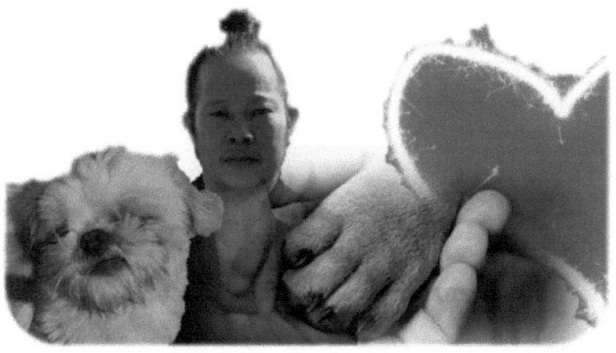

Links sieht man einen kleinen Hund und einen Mann, die sich an ihre zersplitterten

Herzen fassen, als müssten sie mit letzter Kraft zusammenhalten, was zerstört wurde.

In der Mitte hält eine Hand eine Pfote.

Rechts kein Déjà-vu, denn die Herzen sind zur Hälfte wieder zusammengesetzt.

»Die andere Seite macht mir Tharge heil und Dir eine adäquate Trauerbewältigung«.

Jetzt weine auch ich und atme auf, dass unsere Frauchen für Ablenkung sorgen, indem sie uns hinausbitten.

Flugs das Hotel verlassend, erblicken wir ein Feuerwerk in tausend Farben, fast lautlos, was der guten Absprache unserer Großen geschuldet ist, die wissen, wie sehr wir unter den Silvester-Bräuchen leiden.

Kein Auge bleibt trocken.

Selbst mein ›Westie-Krieger‹ gibt seine Selbstbeherrschung auf und glänzt mit einem Spektrum an Gefühlen, die ich von ihm nur selten zu Gesicht bekomme.

Abreise ohne Ziel?

T rotz großer Zweifel, ob sich Tharge wirklich nicht mehr in Tibet aufhält, treten wir den langen Flug nach Deutschland an.

Dass uns abermals etliche Stunden in einem Flugzeug drohen, löst Ängste aus und ich wünsche mir, ich könnte beamen.

Die ›Hunde-Eltern‹ bringen uns so viel bei, warum nicht das Naheliegendste?

Noch lasse ich mich beruhigen, dass wir im Flugzeug planen, wie wir unsere Suche nach einem Buddhisten in Deutschland angehen.

Radio-Aufrufe oder die ›Julia vom TV‹ - alles hatten wir bereits. In diesem Moment erscheint mir das zu banal.

Ich grübele zu viel. Je mehr ich mich konzentriere, meinen ›Kopf abzuschalten‹, desto mehr gerate ich eine Spirale aus sich überschlagenden Gedanken.

Wäre da nicht Eddy.

Kaum ist das Flugzeug gestartet, nimmt er mehr Fahrt auf als dieses Geschoss, in dem wir Ruhe bewahren müssen.

»Kann ich kurz austreten?«, provoziert er uns in voller Absicht seines Gehirns, das irgendwie nach seiner Geburt an Umfang nicht zugenommen hat.

»Sagt nicht, Ihr habt mich durchschaut. Die Wünsche meines Seelenfreundes Mo sind mein Heiligtum, und ich bin - mit Euch - auf dem Weg zu unserer Suchaktion, aber vorher muss ich was für mein eigenes Wohlbefinden tun. Die Fluggäste langweilen sich. Wenn Euch das nicht herausfordert, mich schon. Gönnt mir eine oder MEINE Stunde«.

Ich gähne vor Langeweile, weil ich ihm nicht zutraue, andere Unterhaltung zu bieten als die auf dem Hinflug. Sein Einfallsreichtum grenzt an Fremdschämen, da es eher beschränkt ist.

Dachte ich.

Bis ich höre, dass alle hellauf begeistert applaudieren bei Eddys erster Idee, die Zeit kaputt zu spielen.

Er thront auf dem Schoß eines Vaters und wird von der Tochter gestreichelt, während er sich für ›Ich sehe was, was Du nicht siehst‹ als erstes Spiel entscheidet.

»Erklärt mir die Spielregeln. Muss ich was verstecken?«.

»Nein«, erklärt der Mann, »es muss ein Gegenstand sein, der für alle sichtbar ist. Du beginnst. Wenn Dir hier was gefällt, beschreibst Du uns diesen. Verrate nicht, wo er sich befindet und wie er aussieht. Tipps wie Farben oder Formen sind erlaubt und erwünscht. Möchtest Du beginnen?«.

»›Ich sehe was, was Ihr nicht seht‹ und das ist ein klobiger grauer Flugzeugsitz. Hat schon jemand eine Ahnung?«.

Alle der mitspielenden Gruppe schauen sich mit großen Augen an, bevor sie losprusten.

»Eddy, kapierst Du das Spiel nicht?«, rufe ich rüber und ich genieße es, mal nicht der

›Dussel-Tzu‹ zu sein, der von nichts eine Ahnung hat.

Mein Kumpel ist irritiert und erträgt das Lachen nur schwer, dennoch weiß ich, dass sein Intelligenzquotient ausreicht zu verstehen, dass sich die gesamte Mannschaft über ihn lustig macht.

»Der Sitz hier«.

Das Mädchen klatscht auf die Polster, die versucht, unseren Freund nicht zu brüskieren.

»Sage ich doch«.

Eddy wirkt mürrisch und zerknirscht, zwinkert der ›kleinen Lady‹ ungeachtet dessen zu.

»Du darfst das vorher keinem sagen«, stellt ihn nun der Vater bloß.

Jetzt funkeln Eddys Augen.

»Blödes Spiel. Ihr habt es nicht richtig erklärt. Sagt Euch ›Songs erkennen‹ was? Ich überlege mir einen Hit und ›summele‹ ihn Euch vor, bis Ihr genau diesen daraus hört. Wer ihn zuerst erkennt, darf ihn vorsingen«.

Eddy brummt drauflos, was wie eine Mischung aus vollgestopftem Staubsauger und erneuerungsbedürftigem Keilriemen klingt.

»Erkennst wenigstens Du einen Hauch einer Melodie? Für mich hat das mit Musik nichts zu tun«.

Ich schaue zu ›Mama Panik‹ hoch.

Schmunzelnd schüttelt sie den Kopf.

»Aber wir sind damit nicht alleine«.

»Ich gebe zu, dass der Song nicht leicht zu erraten ist. ›Ich sehe was, was Ihr nicht seht‹ und das sind Wolken. Wir sind darüber und ein Künstler, dessen Name wie ein Monat klingt, hatte einen Riesenhit«.

»Über den Wolken«, ruft ein kleiner Junge.

»Bravo. Ein anspruchsvolles Spiel, von einem der Kleinsten gelöst«. Eddy freut sich. »Du bist dran«.

Der Kleine scheint nicht alleine mit seinem Wunsch, dass Eddy sich weiter zum Deppen macht, den der Applaus verebbt nicht.

»Du Hund? Kennst Du das Spiel der Farben? Du nennst uns eine Farbe und jeder von uns beschreibt Dinge, die er in Verbindung mit diesem Farbton sehen kann. Der mit den meisten Antworten gewinnt ein neues Spiel mit Dir«.

»Machen wir. Ich beginne, stimmt's? Nennt mir Dinge, die dreckig sind«.

Wieder grölen sie los und eine junge Dame fragt, was ›dreckig‹ für ein Farbton sei.

Ich glaube nicht, dass mein Buddy dumm ist.

Er versteht genau, was andere von ihm wollen.

Die, die sich vor Lachen auf die Schenkel schlagen, werden die sein, die am Ende eine Hochachtung vor West Highland White Terrier haben.

»Ich sehe einen dreckigen Hund«, ruft jemand.

»Schluss, aus, vorbei. Macht Ihr das extra?«, beleidigt rutscht Eddy vom Schoß, der ihn vorher gewärmt hatte.

»Komm bitte wieder her. Ein Spiel noch«, lockt ihn der Mann zurück an seinen Platz.

»Wir alle waren im Urlaub und mussten einen Koffer packen. Jeder nennt einen Gegenstand und der Nächste muss diesen und einen neugewählten aufzählen. Die Liste wird immer länger, wodurch das Spiel an Schwierigkeitsgrad gewinnt. Eddy fängt an«.

»Wenn ich Euer Leben damit retten kann, dann gut. Ich packe meinen Koffer und nehme Mo mit«.

»Mo?«, rufe ich rüber und zerstöre das Spiel im Vorfeld. »Alles kannst Du da reintun, Leckerchen, Pullover, Steuermarken, aber mich willst Du da reinstopfen?«.

Nun lacht Eddy, der es genießt, dass sich niemand über ihn lustig macht.

»Mein Herzbube, es ist nur ein Spiel. Ich will die Zeit überbrücken, bis wir hier raus dürfen. Komm rüber und bringe das ›Schminkdingens‹, dieses Etui aus der Reisetasche mit. Wir machen aus jedem einen Star und die anderen raten, wen wir darstellen wollen«.

Ich gebe zu, dass mir diese Art von Ablenkung wirklich guttut.

Nur bleibt viel Rouge an den Pfötchen hängen und unsere Krallen verzieren das Endergebnis, sodass alle in fast jedem ›den mit den Scheren-Händen‹ entdecken.

So viel Spaß hatte ich lange nicht mehr und auch die Mitspieler machen nicht den Anschein des Spielens müde zu werden.

»Habt Ihr noch die mit Wurst und Käse belegten ›Haltet-still-dieser-Flug-wird-vorüber-gehen-Brötchen‹?«.

Ich bin in meinem Element, weil ICH es bin, der ein neues Spiel erfunden hat.

»Ihr werft Proviant auf dem hoffentlich nicht letzten Flug Eures Lebens zu mir rüber, ich reiche es Eddy und er muss raten, von wem es kommt. Um es ihm leichter zu machen, schreibt Ihr den Anfangsbuchstaben Eures Vornamens auf die Folie«.

Niemand meckert ob der Tatsache, dass auch ich keinen Sinn darin sehe.

Vielmehr ziehen alle ihren Snack raus, während Eddy und ich nach hinten laufen.

Nach und nach fliegen uns die Päckchen zu, die ich mit einer Pfote abhalte, um sie vor Eddy zu platzieren.

Als ich was knabbern höre, blicke ich zu ihm rüber.

Nein, Eddy.

»Was guckst Du? Ich bringe die Folie später zurück. Tolles Spiel«.

Er mampft weiter und das befürchtete Donnerwetter der Passagiere bleibt aus.

Zumindest habe ich auch ein Käsebrot abbekommen.

Vollgefressen und müde, haut sich Eddy aufs Ohr.

Warum denke ich immer, dass man sich nach derartigen Aktionen nicht davonstehlen darf?

»Kann ich das gut machen?«, rufe ich in die Runde, bis ich begreife, dass es meinem Kumpel alle gleich machen.

Die meisten schlafen.

Leise schleiche ich mich zurück an unseren Platz.

»Er hat mein Spiel nicht verstanden«.

»Er hat keins verstanden«. Unsere ›Mamas‹ grinsen. »Aber er hat Dich und viele darüber hinaus gut unterhalten. Der Zweck heiligt die Mittel«.

Zufrieden kuschele ich mich in die Decke.

»Können wir unsere ›Tharge-Recherche‹ auf zu Hause legen? Nach allen Strapazen fließen in mir weniger konstruktive Hirnströme als in einem Flugzeug«.

Unsere Frauchen sind nicht nur einverstanden, sondern fühlen sich bestätigt.

Den gleichen Vorschlag wollten sie uns in Lhasa machen, doch sie wollten mich nicht enttäuschen und haben aus diesem Grund ihre Meinung zurückgehalten.

Mit dem Anliegen zurückzukehren, dass ich ›gerettet‹ werden muss, wird die schwierigste Aufgabe, vor der sie bislang standen.

»Sich verstanden zu fühlen heißt geliebt zu werden«, kriege ich gerade noch zustande, bevor mich die Müdigkeit zerreißt.

Aussicht

*J*eder von uns brauchte drei Tage, um sich von den Strapazen einer langen Reise zu erholen.

Zu Hause ist der schönste Platz - wären da nicht Geräusche und Bildern, die starke emotionale Reaktionen in mir wachrütteln.

Im Wohnzimmer hat Marvin gesessen und uns vorgegaukelt, dass er ohne Milena nicht leben könne.

Sein Zusammenbruch - war das eine erneute glorreiche Schauspielleistung?

Ich versuche, die negativ besetzten Gedanken abzuschütteln.

Auf einmal öffnet sich die Tür.

»Was machst Du in der Schuhkammer Mo?«.

Wie nehme ich ›Mama Perfekt‹ die Angst davor, dass ich mich auf einem Pfad der Rückschritte befinde?

»Ich suche nach dieser fiesen Motte, die vorhin hier reingeflogen ist. Ihr müsst den Raum öfter schließen«.

»Wonach suchst Du wirklich?«.

»Dieser Raum wurde von ›ihm‹ nicht ›verseucht‹. Diese Ruhe sowie diese Dunkelheit, alles tut mir gut«.

»Komm hier raus. Bitte. Eddy wartet im Garten auf Dich«.

Mit Wohlgefallen verlasse ich mein ›Resort der Sicherheit‹ nicht, aber ich möchte auch keinen Marathon der Fragen in Gang setzen, den ich ohnehin verliere.

Draußen heißt es Aufatmen, weil mein Kumpel auf der Terrasse die Sonnenstrahlen genießt, sodass ich mir ungestört Gedanken machen kann über geeignete und erfolgversprechende Suchaktionen.

»Wieso schleichst Du an mir vorbei?«.

›Non-knorke-Mist‹.

Er ist wach.

»Ich will meine Ruhe«.

»Ich bin der Letzte, der sie Dir nicht gönnt. Du musst keine Tricks anwenden, denn ein

Wort würde reichen. Dein Platz auf der Lounge-Couch war viel zu lange leer«.

Einen Sprung später liege ich allerdings im Relax-Schaukelsessel.

»Eddy?«.

»Halt die Klappe, ich will auch meine Ruhe«.

»Tut mir leid«.

»Du verstehst meinen Humor nicht mehr«. Eddy klingt traurig und wirkt ratlos. Mein Einsatz ist gefragt.

»Ich brauche Dich. Wir haben bislang nicht ein einziges Mal darüber gesprochen, wie wir Tharge finden«.

Eddy springt auf und guckt zu mir hoch.

»Du hast doch noch die Verbindung zu dem Radiosender, über den Du seinerzeit die Ex-Freundin von Lennart ausfindig gemacht hast«.

»Nee, ich möchte nicht immer als Bittsteller auftreten. Du weißt, wie wichtig mir ist, was andere über mich denken. Zumal unsere Informationen dürftig sind. Ich denke mehr an eine eigenständige Suche. Es gibt doch diese

Heißluftballons. Wenn wir ein großes Transparent spannen?«.

»In so ein feuerspeiendes rundes Ding kriegst Du mich nicht. Es wäre außerdem ein Riesenzufall, wenn wir genau dort fliegen würden, wo sich Tharge aufhält. Meinst Du mit den Transparenten nicht eher die Segelflieger, die einen Banner hinter sich herziehen?«.

»Genau, das ist es«.

Aufgeregt schaukele ich im Stuhl hin und her. »Wir mieten ein Flugzeug, welches eine Botschaft durch den Himmel trägt, etwa in der Form ›Tharge? Dein ›Xinghuo‹ sucht Dich‹«.

»Schwierig, es scheitert erneut an der Frage des Zielgebietes«.

»Dann muss die Maschine ganz Deutschland umkreisen«.

Eddy geht.

»Weißt Du was mich aufregt? Dass Du so schnell aufgibst und genau das mir, wie Pfeile, vorhältst«, rufe ich ihm hinterher, woraufhin er grinst und meint, er wolle die örtliche Bank überfallen, um mein Vorhaben zu finanzieren.

DIESES gemeinsame Lachen, das er und ich genießen, wirkt befreiend.

»Komm zurück, Du modernster aller Strolche. Die utopische Idee haken wir ab. Wir müssen es anders angehen. Magnetfolien auf unserem Auto fallen ebenso durch, weil wir in der letzten Zeit die Dreißig-Kilometer-Marke nicht geknackt haben«.

»Du Mo? Der Akku vom Tablet ist vollgeladen und liegt greifbar für Hunde nicht mehr als fünfzig Zentimeter vom Boden entfernt. Wie unvorsichtig von unseren ›Vorgesetzten‹. Komm, es wird ernst«.

Auf dem Wohnzimmerboden liegend suchen wir unermüdlich und erleiden eine Schlappe nach der anderen.

Begriffe wie ›Tharge‹, ›Buddhist‹, ›Unfall‹ und ›Familie verbrennt im Auto‹ bieten letztlich Ergebnisse, die nach Tibet führen.

Eddy ist enttäuscht, dass wir ohne bedeutende Angaben wie Nachname und Geburtsjahr keine Chance haben.

»Guck Mo, wenn wir beim Einwohnermelde-amt gegen eine Gebühr suchen wollen, fehlen uns unerlässliche Informationen«.

»Scrolle runter, da stand was von einem Personen-Suchdienst. Meinst Du, die recherchieren, obwohl wir ihnen nur den Vornamen nennen?«.

»Das werden sie nicht«.

Ich zucke zusammen, als ich die Stimme von ›Mama Perfekt‹ höre.

»Wie lange stehst Du schon in der Tür?«.

»Lange genug, um zu beurteilen, dass es ein Fehler ist, uns zu unterschätzen. Wir werden Deinen Tharge finden. Was meinst Du, warum Ihr hier zwei Stunden ohne Aufsicht tun könnt, wonach Euch der Sinn steht? Unsere Tastaturen rauchen wie unsere Köpfe und wir haben eine erste heiße Spur«.

Schattenhund

Eddy macht seit Stunden ›Dünnsinn‹, ohne zu bemerken, wie sehr er mich in die Enge treibt.

Warum ist es ihm gleichgültig, wie sehr ich leide und dass ich nicht auf die Zeit vor der ›Sache mit Marvin‹ umschalten kann?

Immer wieder animiert er mich zu Wortspielen, während in mir alles danach schreit, dass unsere Frauchen Tharge finden.

»›MoMo‹«.

Sein Lachen hat mich nie mehr genervt als just in diesem Moment.

»Mo! Nicht ›MoMo‹«.

Der Ausdruck meiner Stimme dürfte ihm verraten, dass ich nicht in der Stimmung bin, etwas zu erreichen, das Applaus verdient.

»Widerspricht man einem ›EdEd‹? Es ist genial. Die ersten zwei Buchstaben eines

Namens bringen die geilsten Spitznamen hervor«.

»Wie einfach Du zu belustigen bist. Denk an unsere ›Mamas‹, da bleibt es beim ursprünglichen Wort. Dein Kumpel Bruno - nennst Du ihn jetzt ›BrBr‹?«.

Er ignoriert.

Er hört weg.

Und das Schlimmste: Er hört nicht auf.

»Marlow wäre dann unsere ›MaMa‹, ich lache mich schlapp. Aus Daska wird ›DaDa‹. Wenn Herrchen oder Frauchen nach ihr suchen, schaut sie sich um. Verstehst Du, ›MoMo‹? ›DaDa‹«.

Er schlägt mit einer Pfote auf den Boden, um seinem Spaß Ausdruck zu verleihen.

»Siwah heißt nun ›SiSi‹. Jeder wird antworten, dass man sieht, dass sie kein Rüde ist. Nennst Du mich nicht immer Buddy, also ›BuBu‹? Bin ich einschläfernd? Du bist der Zwerg, ich der Goliath. ›GoGo‹. Nee, tanzen ist nicht meins. Als unseren ›Mamas‹ anfangs kein Name für Dich einfiel, wollten sie Dich Whisky nennen. ›Johnny Walker‹. ›JoJo‹? Gut, als dieses kleine Ding am Band fühlst Du Dich mit mehreren Promille und entwickelst ein ›LaLa‹ als Lausbub. Sei froh, dass ich ›MoMo‹ von Deinem Namen und nicht von Mops ableite«.

Er kneift mich in die Seite.

»Schluss jetzt. Ich halte das nicht mehr aus«.

Meine Ohren halte ich geschlossen.

Sein Blick wirkt wie ein Friedensangebot, während sein Fell schmutzig-weiß ist und er aufdreht. Verrät es mehr über seinen Charakter?

Ich gebe meine Lauscher frei.

»Hast Du ›KoKo‹?«.

»Was soll ich haben?«.

»Kopfschmerzen. Dann gibts ›PiPi‹, sprich: Pillen«.

Unsere Frauchen sind seit fünf Minuten Eddys dankbarsten Fans und mischen ordentlich mit.

Ich höre Kreationen von Namen und Gegenständen, über die ich nicht lachen kann.

Es ist nicht angebracht und in keiner Weise witzig.

›Komm an den ›TiTi‹ rufen alle unter Lach-Tränen, bevor sie sich an den Tisch setzen, jetzt gibt es ›KaKa‹, gemeint ist wohl Kaffee.

»›EdEd‹, willst Du ›HuHu‹?«, kreischt ›Mama Panik‹, die eigentlich unser ›PaPa‹ sein müsste, statt der Drache, der mich gerade in höchstem Maße nervt und quält.

Er kriegt sein Huhn, während mir wortlos ein Stück vor die Pfoten gelegt wird.

»Seid Ihr alle ›GaGa‹?«, schreie ich verzweifelt das irrwitzige Trio an.

Was erhalte ich als Antwort?

»Du willst mit uns in den Garten, MoMo?«.

Was für eine Nichtachtung von Eddy.

»Ich bin ein Schattenhund ohne Abkürzung und mit traurigem Schicksal. Wie unsensibel Ihr seid, wie sehr Ihr mich gerade in den Hintergrund stellt und nur noch meinen Kumpel seht, von dem ich annahm, dass er ein wirklicher Freund ist«.

Mir schießen Tränen in die Augen und ich will diesen Ort des Schauspiels verlassen, viel zu schnell und unaufmerksam, bis ich gegen die Glastür stoße.

Tausend Sternchen beweisen mir zumindest, dass ich noch am Leben bin und die plötzliche Fürsorge meiner ›Mamas‹, dass ich falsch lag.

»Ich sollte sauer auf Dich sein, Mo« versucht Eddy seine Ehre als sensibelster Hund retten zu wollen.

»Ich will mir nicht eingestehen, dass ich zu wenig an Gewicht habe auf Deinem Weg der Heilung. Weißt Du, wie schwer das auch für mich ist, Dich leiden zu sehen, aber nicht der zu sein, der Dein Herz heilen kann?«.

Eddys Tränen tun mir leid und ich wollte nie ein Grund sein, der ihn traurig macht.

Mit erstickter Stimme weist er in Richtung meiner ›Lieblings-Mama‹.

»Wie kannst Du glauben, dass es ihr leichtfällt, Dich so zu sehen? Dein Problem ist längst zu unserem geworden. Du warst gefangen und wir mussten ausharren, ohne zu wissen, ob wir Dich jemals wieder in unserer Mitte haben. Mache uns bitte nicht zum Vorwurf, dass wir jetzt glücklich sind, dass Du lebst und bei uns bist. Keiner spielt Deine Qualen runter, niemand ignoriert es, dass Du im Wesen seither völlig verändert bist. Wir lieben Dich so sehr, nicht nur so, wie Du vorher warst, sondern auch wie Du jetzt bist. Ich würde alles dafür geben, Dir so wichtig zu sein wie Tharge. Verstehe mich bitte nicht gleich wieder falsch. Sollte er Deine letzte Rettung sein, werde ich ihm danken bis zu meinem letzten Atemzug. Aber ich wäre gern er im Moment, sodass Du nach mir verlangst und mich brauchst, um Dein Trauma hinter Dir lassen zu können. Du weißt, dass ich ein ›KaKa‹ bin, also ein Kasperle, aber ich bleibe auch ein ›KaKa‹ als Kamerad und Weggefährte. Du müsstest

Dich mit meinen Augen sehen, um zu wissen, was der kleine Mo mir bedeutet«.

Warum fährst Du aus dem Fell?

München - ein Irrweg?

Aus dem Fell zu fahren gehört zu meinen Parade-Eigenschaften, aber nachweislich kann sich auch Eddy davon nicht frei machen.

Es bezeichnet eine Gratwanderung - zwischen sich provoziert zu fühlen und den nicht erfüllten Sehnsüchten nach ständigem Gesehen-Werden.

Vermutlich sind wir nicht anders als jeder Mensch.

Lange habe ich nachgedacht, warum gerade ich bei denen, die mich lieben, traurige Gefühle und Gedanken auslöse in einer Lebensphase, die mich selbst drückt.

Müsste ich nicht gerade jetzt anderen guttun, wenn es mir schlecht geht?

Heute haben sie mir in ruhiger und zurücknehmender Gesprächsatmosphäre von einer ›Deutschen Buddhistischen Union‹ in Deutschland berichtet.

In unserem Land wohnen also viele Anhänger dieser Lehre, Einheimische, aber auch bekennende Buddhisten aus anderen Ländern, die hier einen neuen Weg gefunden haben?

Die Recherche nach ›einem Tharge‹ schien anfänglich leicht, bis unsere ›Mamas‹ an den vielen Datenschutzbestimmungen gescheitert sind.

Würden sie mich fragen, ob es von Erfolg gekrönt ist, jede Einrichtung aufzusuchen, egal in welcher Stadt, um meinen ersten Bezugsmenschen zu finden, wäre ich der Erste, der im Auto auf die anderen wartet.

Bis sie mich herausgefordert haben und wissen wollten, woran ich ihn erkenne.

Ich weiß es nicht.

Eine Aussage, die mir einen Stich versetzt und meiner Familie Anlass genug bietet, von vornherein jede Suche als sinnlos einzustufen.

Ich erinnere seine dunklen Haare, sein breites Kreuz, an dem ich zur Ruhe kam, wenn ich es brauchte, und seine Stimme, die weich wirkte und die einem zusprach.

Es reicht einfach nicht, was ich beitragen kann.

»Mama?«.

Ich schaue meinen Lieblingsmenschen an.

»Du müsstest ihm nur gegenüberstehen und würdest sofort spüren, dass ER es ist. Kannst Du mir die Suche abnehmen? Er ist so besonders wie Du. Ihr erkennt Euch, ohne Euch zu kennen. Bestimmt«.

»Wir fahren morgen nach München. Dort gibt es eine große ›buddhistische Gesellschaft‹. Frage mich nicht warum, aber ich verspüre tatsächlich Hoffnung, dass wir auf dem rechten Weg sind. Zurzeit ist Dir wohl jeder versperrt, aber vielleicht springt dieser gefühlte Funke auf Dich über. Wir finden ihn, irgendwie, irgendwo, irgendwann«.

»Geiler Song einer deutschen Popsängerin, cool, dass Ihr Wesentliches mit Grandiosem verbindet«, sprengt Eddy einmal mehr unseren Gefühls-getragenen Rapport und senkt anschließend reumütig den Kopf.

»Sorry, ich habe Besserung versprochen, aber lasst mir die Zeit zum Üben«.

»Gerade wollte ich sagen, ›Wunder geschehen‹, doch würde ich Dir damit neuen Input geben. Du darfst gern an Dir arbeiten, aber gehe nicht von Dir fort«.

»Abgemacht. Ich freue mich auf München«.

»Und auf das gebräunte Haus, in dem Du zur Probe süffeln kannst«.

»Redest Du von dem Wirtshaus, Mo?«.

Just nach meinem zustimmenden Nicken bekniet er unsere Frauchen, dass sie einen Tisch reservieren.

»Da soll es eine Münze geben, die nur in dem Haus eingelöst werden kann, sozusagen eine eigene Währung. Wetten, ich kriege die auch außerhalb unter die Leute?«.

Schauen wir mal, was diese große Stadt zu bieten hat.

Für das ›Hofbräuhaus‹ finden wir keine Zeit, nachdem Eddy das ›Deutsche Museum‹[7] für sich entdeckt.

Nach dem Indoorspielplatz, auf dem er sich über eine Stunde mit vielen Kindern auspowert, lässt er sich nicht zweimal sagen, dass die Kleinen an den Knöpfen und Schaltern herumexperimentieren dürfen. Nichts ist vor seinen Pfötchen sicher. Besonders angetan hat ihn die Kugelbahn. Unsere Frauchen wollen in das Restaurant oben auf der Dachterrasse, um sich nach der langen Autofahrt den ein oder anderen Energieschub zu gönnen und rufen nach meinem Freund.

»Du?«, ich schaue zu ›Mama Perfekt‹.

»Ich will wirklich nicht schon wieder über ihn meckern, aber seht ihr den Mann, der auf ihn zusteuert? Es schreit nach neuem Ärger«.

---

[7] https://www.muenchen.de/sehenswuerdigkeiten/museen/deutsches-museum-muenchen

Gerade zu Ende gesprochen hören wir: ›Hier haben Hunde nichts zu suchen. Wie kommst Du hier herein?‹.

»Schnell, wir müssen hier verschwinden«.

Ich ziehe an den Hosenbeinen, doch mit freiwilligem Aufbrechen hat der dann erfolgende Rausschmiss nichts mehr zu tun.

Auf der Straße überschlägt sich Eddy in seinem Rededrang.

»So viel Technik. Habt Ihr gesehen, wie ich das Feuerwehrauto bedient habe? Das Herumfummeln und Durchdrücken war eine Gaudi«.

»Auf das Ende hätte ich gern verzichtet«.

Ich schüttele den Kopf.

»Ach, Mo. Der Mann hatte einen schlechten Tag. Vermutlich hat seine Frau ihm kein Frühstück mitgegeben oder ist zum Nachbarn gezogen. Menschen gibts. Wie weit ist es von hier zur ›Bavaria Filmstadt‹?«.

»Jetzt ist mal gut, Quälgeist. Als Nächstes willst Du in den Freizeitpark. Wir sind wegen Mo hier, vergessen?«. Unsere Frauchen schalten sich zur rechten Zeit ein, weil Eddy einfach kein Ende findet, nie und erst recht nie zum richtigen Zeitpunkt.

»Nein, Mo ist die Hauptperson«, zerknirscht lässt er den Kopf hängen.

»Wie finden wir unter den tausend Menschen diesen einen Mönch?«.

»Wir konnten erfahren, dass heute eines dieser Treffen stattfindet. Kommt, wir suchen die Straße und das Gebäude«.

Unsere ›Mamas‹ führen uns eng an der Leine zum Auto.

Diese Kontrolle habe ich definitiv Eddy zu verdanken.

Das Gebäude, vor dem wir eine Dreiviertelstunde später stehen, hat rein gar nichts von Tibet.

Es ist ein stinknormales Haus.

»Hier sind wir falsch. Das ist doch kein Kloster«, äußere ich meinen Missmut, um zu signalisieren, wie enttäuscht ich bin, dass nicht mehr für mich getan wird.

»Bitte sei geduldig, Mo. An diesem Ort versammeln sich Buddhisten, und mit ein wenig Glück finden wir Tharge unter ihnen«.

»Ob er mich für hässlich hält?«.

»Mo«, schreit mich mein Kumpel an, »höre verdammt noch mal auf mit dieser Selbstzerfleischung. Dass Du nicht mehr so süß bist wie ein Welpe, ist klar, aber aus Dir ist ein annehmbarer Durchschnittshund geworden«.

Wie bitte?

Ich glaube, ich höre nicht richtig.

Damit bestätigt er meine schlimmsten Befürchtungen.

Ehe ich antworten kann, gehen einige Menschen an uns vorbei und verschwinden im Inneren des Gebäudes.

»Das sind Leute wie Ihr«, sage ich zu unseren Frauchen.

»Deutsche«.

Meine Resignation zu verbergen fällt mir schwer.

»Es gibt auch deutsche Buddhisten, Mo. Schau, da hinten kommt eindeutig ein Tibeter«.

Ohne abzuwarten, renne ich auf den kleinen Mann zu.

»Wie war Deine Reise hierher aus Lhasa?«.

»Ein kleiner, neugieriger Hund, der meine Sprache spricht? Ich muss Dich enttäuschen, meine Heimat ist Thailand. Nicht weinen. Wen oder was suchst Du?«.

»Tharge. Er hat mich in die Welt gesetzt«.

»Das kann nicht sein. Deine Mama ist eine Hündin«.

»Er hat mich aber gehen lassen und nun brauche ich ihn. Ich kenne seinen Nachnamen nicht«.

»In Tibet unterscheidet man nicht zwischen Vor- und Zunamen, soweit ich weiß. Wir haben hier in unserer Gruppe einen Tharge. Ob er der Gesuchte ist, kannst nur Du beantworten. Kommt doch alle mit«.

Im Inneren wohnt ein Zauber, alles ist in weiches Licht getaucht.

»Tharge?« ruft der Mann in die Gesellschaft, woraufhin ein Typ auf uns zukommt, der unwirsch reagiert.

»Ich hoffe, Du hast einen guten Grund, meine Meditation zu stören. Was ist denn?«.

»Der traurige Hund hier, er sucht vermutlich nach Dir«.

»Ich kenne den halbwüchsigen ›Büschel-knaben‹ nicht, ich habe ihn noch nie gesehen. Jetzt lasst uns anfangen«.

Als der Mann sich umdreht, um zurückzugehen, springe ich ihm in die Kniekehlen, sodass er zu Boden geht.

»Wie können zwei so grundlegend verschiedene Männer den gleichen Namen tragen? Du bist nicht mein Tharge. Er war freundlich und ihn zeichnete ein umwerfendes Lächeln aus. Empathie war kein Fremdwort in seinem Repertoire. Gehe meditieren und reinige die dunklen Schatten Deines finsteren Charakters«.

Das zweite Mal, dass wir vor die Tür gesetzt werden.

»Ich mag München nicht. Lasst uns nach Hause fahren«.

Ich resigniere erneut und mir fehlt die Kraft für weitere Rückschläge.

»Du suchst den Tharge im Rollstuhl?«.

Eine sanfte Stimme, die dennoch keine Hoffnung macht, aber guttut nach der rabiaten Art zuvor.

Ein hübscher Mann hockt direkt vor mir, als ich mich umblicke.

»Nein, mein Tharge bewegt sich nicht auf Rädern. Er kann kilometerweit laufen«.

»Schade, dass ich Dir nicht helfen kann. Der ›Rolli-Tharge‹ hat viel verloren und ich hätte es ihm gegönnt, dass er jemanden so wichtig ist, dass nach ihm gesucht wird«.

Ich horche auf.

»Hat er seine Familie bei einem Autounfall verloren?«.

Zaghaft wage ich einen Vorstoß.

»Woher weißt Du das? Kennst Du ihn doch?«.

»Er ist es. Er muss es sein. Ist er da drin, einige Herzschläge von mir entfernt?«.

Ich kann meine Tränen nicht aufhalten.

»Ich muss zu ihm«.

»Halt, Kleiner. Du findest ihn hier nicht. Ich bin zu Besuch in Bayern und fahre nächste Woche zurück nach Hamburg. Tharge und mich verbindet eine Menge und er hat immer von einem Shih Tzu erzählt, von dem er weiß, dass er ebenfalls in Hamburg ist. Du musst Xinghuo sein«.

»Mo, damals Xinghuo; hat er Dir von mir erzählt?«.

»Er spricht ständig über Dich. Es ist für ihn selbstverständlich geworden, wie zu frühstücken oder zu trinken. Du bedeutest ihm unsagbar viel«.

Während der nette Herr unseren ›Mamas‹ die Adresse von Tharge aufschreibt, liege ich flach auf dem Asphalt und kann meine Tränen nicht stoppen.

Wann hat mich zuletzt so wenig Gesagtes so sehr bewegt?

Übersinnlich

... oder ›geistig überdreht‹?

Mit dem Zettel zwischen den Pfötchen im Heck unseres Autos bin ich fassungslos bei dem, was mir Eddy vorschlägt.

»An der Raststätte suchen wir einen PKW mit Hamburger Kennzeichen. Unser Ticket zu Tharge«.

»Du willst nicht ...«.

Er lässt mich nicht zu Ende sprechen, sondern macht mir vielmehr klar, dass ich nicht zu viel Zeit verlieren darf.

»Hast Du nicht gehört, Mo? Er sitzt im Rollstuhl. Wer weiß, wie lange er noch lebt. Eventuell leidet er unter Multiple Sklerose, einer Krankheit mit Lebenszeitverkürzung. Wir sind heute Abend zu Hause und verlieren kostbare Zeit. Ich will nicht sagen, dass unsere ›Mamas‹ nicht schnell genug agieren, aber wir kriegen das heute noch hin, wenn Du mitziehst«.

Ich stehe zwischen dem ersten Schritt und dem winzigen Gefühl, wieder was falsch zu machen.

»Du weißt, was ich mit Marvin erlebt habe. Ich bin dem Tod knapp entkommen. Wer weiß, an wen wir geraten, wenn wir nach Hamburg trampen. Hey, hörst Du mir überhaupt zu?«.

Tut er nicht.

Ich sehe noch, wie seine Rute hinter einem Kleintransporter verschwindet, bevor er mich zu sich heranwinkt, während unsere Frauchen sich angeregt unterhalten.

Was täten wir ihnen an, wenn wir Eddys Drang nach Zeitbeschleunigung durchziehen?

Das Risiko ist und bleibt zu hoch und um jeden Preis will ich Tharge nicht besuchen, weshalb ich meinen Kumpel ignoriere.

Doch plötzlich steigt er drüben ein.

»Eddy haut ab«, schreie ich meine Verzweiflung heraus und bin verantwortlich für eine Standpauke nur fünf Minuten später, in der Eddy seine Alleingänge vorgehalten und sanktioniert werden.

Angeschnallt wartet er im Auto, während wir die Rast im Grünen genießen.

»Er hat das für mich getan«.

Ich versuche das Beste für ihn herauszuholen, weil ich mich schuldig fühle.

»Er muss lernen, dass er nicht mit aller Macht durchsetzen kann, was ihm vorschwebt. Immer wieder manövriert er sich in heikle Situationen, aus denen wir ihn oder Euch herausholen müssen, manches Mal ohne Plan. Glaubt Ihr, der Fahrer hätte Euch direkt vor Tharges Haus abgesetzt? Moment mal, Ihr habt nicht einmal die Adresse«.

»Eddy hat sie Euch geklaut«.

Oje, ich mache es nur schlimmer.

»Fahren wir noch heute nach Hamburg? Bitte« flehe ich ›Mama Perfekt‹ an, die mir nie einen Wunsch ausschlägt.

»Hätte Eddy das Navi verfolgt, wüsste er die Antwort und hätte beruhigend auf Dich eingewirkt«.

Meine ›Mama‹ lächelt.

Auf dem Weg zu der Stadt, in der mein Herz repariert wird, redet der ›Grummel-Kopf‹ neben mir kein Wort.

Ich weiß, dass er sauer ist.

Doch in meinen Pfötchen hätte er die Odyssee mit Marvin erleben müssen, um zu verstehen, aus welchem Grund ich in kein fremdes Auto einsteige. Nie wieder.

»Wärst Du wirklich mitgefahren? Unter Umständen sogar ohne mich?«.

Ich schaue zu Eddy rüber.

Als hätte er diese Frage seit Stunden erwartet, prasselt aus ihm das gewünschte ›Nein‹ heraus.

»Der Typ erinnerte mich an Hauptdarsteller aus Storys von diesem Autor King. Hätte ich meinem kleinen Pflegefall aus Fell sagen sollen, dass ich Angst habe und kneife, obwohl ich autark und stark sein will für mindestens zwei? Aber um Dir zu helfen, bringe ich die Menschen gegen mich auf, die ich liebe«.

So traurig und von Selbstzweifeln zerfressen habe ich ihn selten erlebt.

»Ich gelte als der Böse, der Ungehobelte, ein Hund ohne Anstand und jemand, der sich allen Regeln widersetzt, Mo. Das beschreibt mich doch nicht, oder? Ich gehe die falschen Wege, weil ich die richtigen nicht gezielt umsetzen kann, unabsichtlich und ohne provozieren zu wollen«.

»Ich weiß, was Du auf Dich nimmst, damit ich zu meiner alten Stärke zurückfinde. Meinst Du, dass wir beide die therapeutischen Ansätze von Tharge nutzen können, um das Leben zu lernen?«.

»Es ist Dein Tharge und Therapie ist für mich negativ besetzt. Ich bin kein Psycho wie Marvin und das Herum-Sabbeln über Strategien, wie man was besser wegsteckt, sorry, das ist nicht meins. Allein der Gedanke an Meditation sorgt bei mir für kompletten Fellausfall. Ich bin ein Praktiker und hasse Analysen und dieses Herumeiern, wenn Probleme bewältigt werden müssen. Das heißt nicht, dass ich Dein Glück nicht in Tharges Pfötchen lege«.

»Hände«.

»Patscher« dreht Eddy in gewohnter Manier auf.

»Es erinnert mich schon wieder an das mysteriöse, ausländische ›Heilströmen‹. Nur wer auf Pfoten läuft, besitzt übersinnliche Kräfte«.

»Ach nee, welche zählen zu Deinem charakterlichen Repertoire?«.

»Eddy-Fühlen zum Beispiel. Ich denke an jemanden und sehe ihn am selben Tag. Oder Eddy-Sehen, eine Abart vom Hellsehen. Sobald ich Deinen Humor wieder erkenne, prophezeie ich Dir am Vortag, was wir am nächsten Tag zu essen kriegen«.

»Eddy, wir essen täglich dasselbe«.

»Schon. Aber ich kann Dir voraussagen, wenn sich etwas ändert. Hast Du Respekt vor dem Eddy-Hören? Weit gefehlt, wenn Du an Engel denkst. Ich kann Buddhas Gespräche erahnen. Deine Gedanken lesen beherrsche ich auch als eine Art ›TeddyMoPathie‹«.

»Meinst Du Telepathie?«.

»Nein, höre mir doch mal zu. Ich zähle meine Eigenarten nicht zu den gewöhnlichen. Du sagst, Du seist ein Gesandter von Buddha. Ich bin der ›unterschätzte Highlander‹. Ich sage voraus, dass Du nur wenige Schritte von Deinem Tharge entfernt bist«.

Eine reiche Stadt?

Sind wir richtig hier?

Mir wird schwindelig aufgrund der Zweifel, ob hier tatsächlich der Mann lebt, der dem Leben immer voraus war.

Als wir den Wagen parken, sehe ich eine alte Frau, die in Mülltonnen nach Pfandflaschen sucht.

Noch nie war ich jemand, der wegschaut, und entsprechende Bilder sind mir auch aus unserer Gegend geläufig.

Doch dass schräg gegenüber - scheinbar - Junkies nach dem Glück suchen, das ich benötige?

Damit kann ich nicht umgehen.

Dort sitzt ein ›komischer Typ‹ mit einem Pappbecher und über das Schild bittet er um ein paar Euro, während ein alter Hund ihm treu zur Seite steht.

Was habe ich eigentlich zu beklagen mit einem Leben jenseits von Armut und Obdachlosigkeit?

Unvermittelt fühle ich mich undankbar und in meiner Suche nach vollständiger Intaktheit unfair.

»›Mamas‹? Ich will nach Hause. Sofort. Es gibt Leid, welches mir beim Zusehen mehr Schmerzen bereitet als die, die ich in mir trage. Was auch immer Tharge heute für ein Mensch ist, dies hier wünsche ich niemandem. Lasst uns fahren, bitte. Ich halte dieses Würdelose nicht aus und warte auf keinen Moment, der mir offenbart, dass nicht alles rosarot in Eurem Leben der Menschen ist«.

Jetzt ist es Eddy, der seine ganze Seele nach außen kehrt.

»Diesen Abgang wirst Du Dein Leben lang bereuen. In dem Haus« - Eddy zeigt nach vorn - »lebt der Mann, der Dich schweren Herzens freigegeben hat, damit Du glücklich wirst. Ich will Dir keine Ratschläge geben und nehme Deine Befürchtungen ernst. Was aber, wenn Tharge »nur‹ im Rollstuhl sitzt? Versteh mich nicht falsch, aber er füllt seine Zeit sicher mit wertvolleren Dingen als mit Marihuana oder Whisky. Ich bin geschockt, dass ein Umfeld in Deinen Augen jemanden ausmacht. Du bist doch anders, Mo. Bitte sag mir, dass ich nicht falsch liege«.

»Ich will da nicht rein. Ich sehe meinen starken Tharge geschwächt vom Leben auf dem Fußboden liegen, weil er aus seinem ›Rolli‹ gefallen ist, nachdem er sich den letzten Schuss gesetzt hat«.

Irre ich mich oder stellt sich das Fell meines starken Helden auf?

Entsprechendes kenne ich von ihm nicht.

»Sag schon, dass Du mich nicht verstehst«. Ich vermute einen Grund für seine liebevollen Angriffe auf meine Seele.

»Höre ein einziges Mal auf mich, Mo. Sollte das Wiedersehen in eine Richtung gehen, die Dir zusetzt, bin ich der Letzte, der Dich nicht rausholt. Gelitten hast Du genug. Was aber, wenn der ›Mann Deiner ersten Stunde‹ Dir wirklich hilft, um mit dem, was geschehen ist, besser umzugehen? Ein Versuch nur, bitte«.

Die Klingelschilder stellen uns vor ein Problem, das mir aus den ›Missionen‹ nicht unbekannt ist. Zig Namen, kein Tharge und niemand mit ›abgekürztem T‹.

»Sie schickt der Himmel«, rufe ich einer Seniorin zu, die gerade das Haus verlässt.

»Wohnt hier ein Mann mit Rollen unterm Po?«.

Die alte Dame lächelt mich an und erzählt mir bereitwillig von einem Mann, den sie schätzt und er viel für sie getan hat.

»Du suchst nach Tharge? Ein fabelhafter Mensch. Viel, ja sehr viel hat er ohne zweite Nachfrage für mich erledigt, seien es handwerkliche Tätigkeiten, Einkäufe oder gute Gespräche. Ich vermisse ihn«.

»Oh, nein«, mischt sich Eddy ein.

»Ist er zurück in seine Heimat?«.

»Es ist sein Wunsch, aber zurzeit befindet er sich noch in Hamburg. Mein Schwiegersohn hat ihn kürzlich in der Nähe vom Haupt-bahnhof in einem Buchgeschäft getroffen. Mir hat er oft von Werken berichtet, in denen sein

Lieblingshund eine große Rolle spielt und er ist sehr stolz. Warum sucht Ihr nach ihm?«.

Meine Brust herausstrecken, stolz wirken, aufrecht sitzen und auf eine feste Stimme setzen, in der aufrechten Position erzähle ich ihr, dass er der Einzige ist, dem ich außer meiner Familie wirklich vertraue.

»Er ist ›mein Buddha‹, mein Mentor, mein Freund und ein ›Glück-Schicker‹«.

»Wir reden von demselben«, fühlt sich die Dame bestätigt und nickt zustimmend bei jedem lobenden Wort über Tharge.

»Versucht es im ›Buddhistischen Zentrum‹, so oder ähnlich heißt das. Wartet, ich gehe kurz in meine Wohnung und schreibe Euch die Adresse auf. Unser gemeinsamer ›Hand-in-Hand-Heiliger‹ übt dort seit Jahren einen wertvollen Job aus«.

Buddhistisches Zentrum

Was nur veranstalten wir hier?

Sind wir wirklich auf der Suche nach einem Mönch, den ich aus meinen Tagen als Welpe kenne, der aus mir unerklärlichen Gründen im Rollstuhl gelandet ist?

Ein Mann aus Tibet, der in Deutschland nach einem Neuanfang schreit?

Abwegig und skurril, dass ich manchmal denke, dass nicht nur Marvin mich verrückt gemacht hat, sondern mich das Leben überfordert.

Ich sehe viele kommen, ich sehe viele gehen.

»Eddy? Es gibt kein Zentrum, in dem ›Buddhas‹ sitzen und sich austauschen. Ich lasse mich nicht verspotten«.

»Musst Du immer von vornherein Dinge im Keim ersticken? Was spricht gegen einen Verein, der Gleichgesinnte zusammenbringt?

Den oder Deinen Buddhismus gibt es nicht nur in Tibet, auch wenn Du wütend gegen meine Meinung antrittst und den größten Streit eröffnest«.

»Ach, Eddy, Du ›Welt- und Hundelebens-Umstände-Verbesserer‹. Ich will daran glauben, doch nach all unseren ›Missionen‹ wirst auch Du wissen, dass vieles in unserer Welt schlecht ist. Das Gute bleibt unerreichbar«.

»Bist Du nicht mehr der, der mit dieser Selbstverständlichkeit, die mich oft zum ›Fellzerreißen‹ trieb, im Schwarz ein Gelb sieht?«.

Meine Antwort muss warten, was mir in die Karten spielt, weil ich überlege, was ich mit dem gelben Farbton verbinde.

Wir stehen vor dem großen Gebäude, in dem sich die Gläubigen regelmäßig treffen.

Eddy hält nichts mehr.

Er reißt die Tür auf und wir blicken auf eine Hinweistafel, auf der tatsächlich Tharge etliche Male genannt wird.

Therapeut, Selbsthilfegruppen-Leiter, Zen-Therapie lese ich.

Hier wissen alle die Qualitäten von dem Mann zu schätzen, der in mir mehr sah als einen Shih Tzu von vielen.

»Therapie-Zen, Mo. Hast Du es gesehen? Tharge unterrichtet buddhistische Meditation in tibetischer Tradition. Jetzt bin auch ich beeindruckt. Den Kerl muss ich kennenlernen«.

»Ich habe Angst, Eddy. Was bitte schön habe ich in meinem Leben erreicht? Er hat seine gesamte Familie verloren und ich jammere herum, weil mich jemand gefangen hielt. Damals konnte ich aufwarten als junger, hübscher Welpe, heute bin ich ein gebrochener Hund an der Grenze zum Senior. Ich bin nicht mehr der süße Kleine, den er damals aus seinen Händen gelassen hat«.

»Du bist ein Hund mit einer Geschichte. Das wird ihn faszinieren, weil alles andere zu weit von seiner Seele entfernt ist«.

Alle meine Zweifel würde ich gern als ›Leitfaden für Hunde ohne Verstand‹

literarisch festhalten, würde nicht auf einmal die große Tür zu einem Plenarsaal aufgehen.

Viele Menschen sitzen um einen Mittelpunktbildenden-Maestro herum, der mit neuester Technik ein Herzensprojekt auf eine Wand projiziert. Ihm gelingt ein spezielles Einfangen und mich fasziniert das gewählte System mit einer Beleuchtung, die alles andere in den Schatten stellt. Diese Lichtquelle fasziniert mich.

Und da sitzt ER.

Tharge.

Ein Mann wie ein Fels in einem Apparat, das Kranken hilft und mich traurig stimmt.

Zweifel, Wenn und Aber und Besserwisserei beiseitelassend laufe ich los.

»Tharge? Ich bin es, Dein Xinghuo. Mein Weg zu Dir war weit! Fast weiter, als wärst Du noch in Deiner Heimat«.

Auf einmal gehen alle Lichter aus.

Es ist dunkel, bis Tharge sein Feuerzeug in die Höhe hält.

»Xinghuo? Nein, Du bist Gizmo, als kleiner Star Mo. Deine Bücher sind der Wahnsinn. Wie sehr habe ich auf DIESEN Moment gewartet. Danke, dass Du mein Leben ein zweites Mal rettest«.

ER

*I*ch habe ihm das Leben gerettet?

Es ist mucksmäuschenstill, als würde die Welt stillstehen und nur ihm und mir diesen Moment schön machen.

Als er mich auf seinen Schoß zieht und lacht, sind die Jahre zwischen diesem und unserem letzten gemeinsamen Festhalten vergessen.

»Du lachst? Was bewegt Dich, oller Mann?«.

»Ich erinnere mich, dass Du leichter warst bei unserem letzten nahen Moment - und ich war mobiler«.

»Das ist nicht der Grund«.

Ich bin zwar klein, aber in meinem Körper machen sich alle Synapsen auf den Weg, Tharge zu signalisieren, dass ich viel klüger bin, als man es mir zutraut.

»Du? Belogen haben wir uns damals auch nicht. Bleib ehrlich und sprich offen mit mir über das, was Dich beschäftigt«.

»Ich spüre, dass Dich was traurig macht. Ich muss irgendetwas wegmachen, kleiner Prinz, stimmts?«.

»Du kennst ihn? Diesen ›kleinen Prinzen‹ mit der Blume in der Hand? Im Planetarium habe ich ihn bestaunt und bin abgetaucht in eine andere Welt«.

»Wer kennt diese emotional anrührende Geschichte nicht von dem Buben, der die Menschen wunderlich findet? Von ihm rede ich allerdings nicht. In all den Jahren bist Du mir nicht aus dem Sinn gegangen. Vor Dir hatte ich keinen Hund mit Deinem Charisma und nach Dir schaute ich keine Shih Tzu mehr an«.

»Wirklich? Du erinnerst Dich noch an das letzte Winken, als ich mit dieser scheinbar netten Familie aus Tibet floh?«.

»In meine Träume schleicht sich das ›Bye-Bye-Bild‹ bis heute. Beim Aufwachen weine ich«.

Ihm laufen auch jetzt Tränen übers Gesicht und mir wird just in dem Moment bewusst, dass meine Familie still hinter mir steht.

Meine ›Mamas‹ und Eddy, alle haben feuchte Augen und ich liebe sie dafür, dass sie mir dieses innige Wiedersehen ermöglichen - ohne Eifersucht und ohne Fragen.

Ich hoffe, dass sie verstehen, dass meine Augen gerade nur einen sehen und meine Ohren nur das hören, was ER sagt, während ich alles andere ausblende.

Wir bemerken wenig später, dass alle um uns herum den Saal verlassen haben.

Tharge wirft die Decke, die über seinen Beinen lag, auf den Boden und rutscht von seiner Kiste.

Wie früher liegen wir zusammen und schauen uns tief in die Augen.

»Du, Tharge? Wer hat Dich um das Laufen betrogen?«.

Meine Befürchtung, dass Luan aus dem Gefängnis geflohen ist und einen neuen Anschlag verübt hat, bestätigt sich ›Buddha sei Dank‹ nicht.

»Vielleicht warst Du noch zu klein, Mo, als ich Dir meine Geschichte zugemutet habe. Luan hat sich in seiner Zelle suizidiert - Du hast es bestimmt vergessen. Ich weiß nicht, wie viel Du emotional tragen kannst«.

»Ich will, nein, - ich MUSS alles wissen«.

»Mir ging es damals sehr schlecht, was in Dir keine Schuldgefühle hervorrufen soll. Du warst jung und hattest ein Recht auf das Leben, das Du Dir erträumt hast. Für mich war es, als hätte ich ein zweites Mal meine Familie verloren. Du warst es, der in mir neuen Lebensmut und den Willen auf Weitermachen weckte, wenn ich Dir auch suggerierte, nur den buddhistischen Glauben zu benötigen. Ich erlebte Momente, in denen ich buchstäblich Dein Fell in meinem Gesicht spürte, als seist Du noch bei mir in Tibet. Oft weinte ich mich in den Schlaf. Dann kam dieser Tag. Ich musste meine Meditation abbrechen, weil mich starke Rückenschmerzen plagten. Ein unbekanntes Symptom, denn bis dato kannte ich einzig Kopfschmerzen oder leichte Erscheinungen von Erkältungen. Erinnerst Du Dich an Sherab?«.

Mein Blick schweift über Tharges Lippen.

»Das war der Gärtner, der uns kleinen Hunde immer übersah und so manchen mit einem Fuß und einem ›Sorry‹ weg schnippte«.

»Statt um blühende Pflanzen im Topf kümmert sich Sherab um Herzen und weitere Organe. Er düngt nicht-medikamentös, bewässert, wenn es ohne Spritzen geht und erntet Dank, wenn er seinen Patienten helfen konnte«.

»Na klar«.

Ich klatsche mir die Pfote gegen meine Stirn.

»Der Palast-Doc, der mir meine Bauchschmerzen weggemacht hat, als würde ich ein Loch in der Mitte da unten haben«.

Tharge grinst.

»Du würfelst immer noch viel durcheinander. Man sollte nicht zu viel Dreck fressen. Der Tee, der Dir half, kam von mir«.

»Gib wenigstens zu, dass es auf Empfehlung von Sherab war, damit ich nicht mit dem

Gefühl schlafen gehe, ganz falschgelegen zu haben«.

»Perfektes Erinnerungsvermögen, kleiner Goldschatz. Jedenfalls verordnete er mir Bettruhe. Ich und im Bett liegen? Das passte nicht zusammen und es war abzusehen, dass ich nach zwei Stunden aufstehe - unausgeglichen, unzufrieden und auf der Suche nach Heilung. Erstmals gelang es mir nicht und meine Extremitäten versagten ihren Dienst. Diese Angst vor zunehmender Unbeweglichkeit war ein kaum zu beschreibendes Gefühl. Einschlafen, dachte ich, um gesund aufzuwachen, sei das Einzige, was mich in diesem Leben hält. Doch ich fand keine Ruhe, bis Sherab mich in ein Krankenhaus einwies. Erlösend war die Diagnose Rückenmarkt-Infarkt, wenn sie auch große Ängste auslöste.

Ein Gerinnsel.

Ich verließ das Hospital nicht auf meinen Füßen«.

»Aber Deine Hände und Arme bewegst Du wie jeder andere«.

»Inzwischen wieder Mo. Es war ein harter Kampf bis hierher. Die Rehabilitation half teilweise und sukzessiv kehrten einzelne Empfindungen zurück.

Bis auf die Funktion der Beine, die psychisch durch mein Gehirn blockiert wird, lt. Aussage der Ärzte«.

Ich schaue ihn an. »Vielleicht habe auch ich einen Infarkt erlitten?«.

»Was meinst Du?«.

»Tharge? Hier« - ich zeige auf meine Brust - »bin ich kaputt wie Du«.

»Dein Herz? Du musst in die Tierklinik, lass uns keine Zeit verlieren«.

»Die können mir nicht mehr helfen«.

Ich beginne zu weinen.

»Ich muss ›IHN‹ ›da drin‹ tot machen«.

Mein Freund guckt mich fragend an.

»Wer hat Dir Dein Herz gebrochen?«.

»Marvin. Er hat erst seine Mutter und dann seine Freundin umgebracht. Ich war der nächste auf seiner Liste. Weggesperrt hat er mich und gequält. Ich habe die Bekanntschaft mit Schmerzen gemacht, die in meinem Leben nie eine Rolle spielten und mir gänzlich unbekannt waren. Irgendwie ein zweiter Luan mit psychopathischen Zügen«.

»Wer hilft Dir aus dieser Dunkelheit danach?«.

»Du. Ich habe es in einer Wolke gelesen«.

»Du beherrschst das noch?«.

Jetzt bin ich irritiert.

»Konnte ich das bereits in Tibet?«.

»Wir lagen oft in der Natur fernab des Klosters, schauten in den Himmel und haben uns ganze Geschichten vorgelesen. Uns hat dieses Übersinnlich-Unerklärliche von Beginn an verbunden«.

Als er mir verspricht, mir zu helfen, schmiege ich mich zuversichtlich und glücklich in seine Arme, wenn ich auch keine Idee habe, wie er das anstellen wird.

Entscheidung

Sind wir eingeschlafen?

Was für ein Vertrauen setze ich in diesen Menschen, dass meine Schlafstörung plötzlich keine Rolle mehr spielt?

»Tharge?« - ich rüttele an ihm, bis er die Augen aufschlägt.

Wieder und wieder greift er nach mir.

»Ich habe das nicht geträumt? Du bist leibhaftig bei mir«.

»Geträumt war auch nicht Dein Versprechen, mir zu helfen«.

Er setzt sich auf.

»Ich spreche mit Deiner Familie. Meinst Du, sie erlauben mir, dass ich Dich für ein paar Tage ausleihe?«.

Von Panik ergriffen, springe ich auf.

»Wo sind sie überhaupt? Ich habe sie völlig vergessen. Was bin ich nur für ein Shit Shih Tzu. Suchen muss ich sie - sofort«.

»Stopp, Mo. Sie wissen genau, wie sehr ich auf Dich aufpasse. Schaffst Du es, einmal fünf Minuten abzuwarten oder geht es gegen Deine Rassen-Ehre?«.

Langsam zieht sich Tharge an seinem Rollstuhl hoch, bis er sicher sitzt und mit den Händen auf seinen Schoß klopft.

Zack und aufgesprungen - startklar, um auf die Suche zu gehen.

Weit müssen wir nicht rollen.

Im Foyer liegen sie, wie wir eben noch auf einer Decke und schlafen.

Einzig Eddy sitzt aufrecht mit dem Rücken zu uns.

Es erschüttert mich, was er für ein trauriges Bild abgibt.

Leidet er mehr als ich?

Ich rutsche von Tharges' Beinen, bis ich dicht hinter meinem Kumpel sitze, um ihm einen Kuss auf den Rücken zu hauchen.

Er dreht sich nicht herum, als er seinen Körper an mich drückt.

»Schön, dass Du wieder da bist, Mo«.

»Ich war nie weg«.

»Für mich schon«.

Diese schmerzerzeugende Traurigkeit in seiner Stimme versetzt mir einen Stich und ich weiß, dass jetzt Eddy dran ist.

»Komm, mein ehrlichster aller Freunde, wir schauen uns das Gebäude näher an. Wer weiß, was für neue ›Missionen‹ sich auftun«.

Schneller hat er sich noch nie in Bewegung gesetzt, obwohl gerade ihn meine Ideen oft beunruhigen.

Kreuz und quer führt uns unsere Entdeckungstour durch ein fremdes Gebäude.

»Guck, da drüben ist ein kleines Badezimmer«. Eddy befindet sich auf einem Pfad, der sich mir nicht erschließt.

Was verspricht er sich von einem Klo-Besuch?

Lange muss ich auf die Antwort nicht warten, denn er verliert keine Zeit und zieht sich an dem WC-Becken hoch, bis er auf dem Deckel sitzt und ihm die Bedienung der Spülung gelingt.

Beim ersten Drücken ruft er: ›Ich schwemme Tharge weg‹, und es klingt wie ein Befreiungsschlag.

Der zweite Durchgang gilt dem Wegspülen negativer Gedanken an Marvin, der dritte dem Auslöschen sämtlicher Feinde, denen er unterstellt, ihm was wegzunehmen.

»Höre auf mit dem Scheiß, Eddy. Längst habe ich gemerkt, dass Du leidest«.

»Ich habe Angst, Mo. Was, wenn Du doch zurück nach Tibet gehst? Was, wenn Du merkst, dass Tharge Dir jeden Tag wichtiger wird?«.

»Wichtiger als Du und die ›Mamas‹? Ihr habt mich bestärkt, bei ihm Hilfe zu holen. Nichts anderes nutze ich gerade«.

»Musst Du mich darüber vergessen oder warum hast Du nicht mal gemerkt, dass ich den Raum verlassen habe?«.

Woher kommt dieses Gefühl, dass man sich schlagartig schuldig fühlt, obwohl zwei Meinungen auseinandergehen?

»Es tut mir leid. Ich musste selbst erst einmal damit klarkommen, dass der Mann, der immer für mich eine tragende Bedeutung haben wird, so nah bei mir ist. Ich habe Euch dennoch nie in den vergangenen Jahren das Gefühl gegeben, nicht glücklich zu sein. Deine traurigen Augen ertrage ich nur schwer. Ich werde die blöde Aktion mit Tharge abbrechen«.

Ehe er mich von meinem Entschluss abhält, renne ich zurück.

Dort sitzt ›er‹ und unterhält sich angeregt mit unseren Frauchen.

»Ich warne Euch. Wehe, ich stoße auf Unverständnis. Hört mir gut zu, rüttelt aber nicht an meiner Entscheidung. Tharge? Ich komme nicht klar damit, dass Du dieses Handicap hast«.

Viel zu heftig trete ich gegen die Rollen, die ihn tragen.

»Ich hatte Dich stark in Erinnerung, aufgrund Deiner Schicksalsschläge stärker als meinen idealisierten Buddha. Ich habe keine Kraft für Deine Schwäche und Du wirst Eddy und mich niemals auseinanderbringen. Er und ich stehen uns so nah, dass nicht mal ein Blatt Papier zwischen uns passt. Und nein, ich gehe nicht mit Dir zurück nach Tibet. Und ja, ich bin heute glücklich ohne Dich. Lass mich ab jetzt bis an mein Lebensende in Ruhe«.

»Halte den Atem an« mischt sich ›Mama Panik‹ ein, wird aber umgehend von Tharge am Arm gehalten und um Schweigen gebeten.

»Lieber Xinghuo. Erinnere ich es richtig, dass Du nach mir gesucht hast? Wenn die Absicht, die dahinterstand, an Bedeutung verloren hat, dann freue ich mich über unser inniges, kurzes Wiedersehen und wünsche Dir, dass Du durch die Schatten der vergangenen Zeit mithilfe Deines besten Freundes findest. Ein ›Echter‹, Dein Eddy, das habe ich schon nach wenigen Stunden begriffen«.

Als Tharge sich verabschiedet und aus dem Gebäude rollt, reden unsere Frauchen auf mich ein, dass ich ihm folgen und mich entschuldigen soll, wozu ich mich außerstande sehe.

»Ihr überfordert mich und beurteilt nicht objektiv, weil Ihr nicht in die leeren Augen von Eddy geschaut habt. Ihr nicht, aber ich - und es lässt mich nicht mehr los«.

Überzeugt davon, die richtige Entscheidung getroffen zu haben, bitte ich um die Heimfahrt.

Weg von den letzten Stunden.

So weit, dass meine Erinnerung daran die Distanz nicht ausgleicht.

Voreiliges Votum

Die ›Gefühlswanderung‹ muss warten oder ich gebe jeglichen Schrei um Hilfe auf.

Warum betäubt sich ein Mensch mit Alkohol und ein Hund sucht nach einem Leckerli?

Mein Herz blutet vor Schmerz und ich balanciere auf zwei Felsen, - die Schlucht unter mir ist zweifelsohne nicht wegzudenken.

Im Nachhinein schäme ich mich dafür, was ich Tharge um die Ohren geknallt habe.

Wie aber hätte ich meine Familie um Verständnis bitten sollen, einige Tage nur mit ihm zu verbringen, wenn Eddy sich von mir total verlassen fühlt?

Mein Eddy.

Er ist es, der unbestreitbar für mich einsteht, mir aus der Klemme hilft, wenn ich mich in heikle Situationen manövriere, die schleunigst zu einer Sackgasse werden.

Wie schlecht muss er sich gefühlt haben, als er mitansehen musste, dass ich an der Seite eines anderen selig einschlief, während seine Bemühungen mit viel Zuspruch und Nähe keinen Erfolg brachten?

Auf der Heimfahrt hat er mir offenbart, die letzte Zeit melancholisch in den Tag hineingelebt zu haben, mit der Hoffnung, dass ich am folgenden der Mo bin, der ich vor der Sache mit Marvin war.

Auf seine Kosten möchte ich nicht gesund werden. Ich tausche meine Depression nicht gegen das Schicksal meines Freundes, wenn ich auch nur erahne, was das alles gerade mit meinem Buddy macht.

Neben meiner kontroversen Gefühlslage kristallisiert sich das Problem heraus, dass Eddy zutiefst verunsichert ist, was unser Miteinander über kurz oder lang destabilisiert.

Ihm muss es vorkommen, als müsse er neben einem anderen bestehen, sich an ihm messen lassen oder sich duellieren.

Dieses massive Gefühlschaos habe ich zu keinem Zeitpunkt gewollt.

»Na ›sonst schnüffele ich nach Hasen-Liebster‹«.

Eddy reißt mich aus den Gedanken.

»Wieder on Tour durch Dein Gehirn? Was beschäftigt Dich?«.

»Die Entscheidung gegen Tharge war das einzig richtige«.

»Klingt nicht danach, als seist Du überzeugt von Deinem Votum. Was hat er, was ich nicht habe?«.

»Er ist nicht so behaart«.

Wann haben wir zuletzt gelacht? Miteinander, meine ich, ehrlich, befreiend und mit der Tendenz, unsere Freundschaft zu retten.

»Mo? Machst Du mir bitte nie einen Vorwurf daraus, wie der Tag gelaufen und ausgegangen ist? Ich war völlig gebrochen und fühlte mich leer und unwichtig. Was würde er anders machen als ich? Dieses Palavern des selbst ernannten buddhistischen Mönches über seine Gesinnung nervt mich«.

»Bleib fair, ›Gnatzkopf‹. Von mir als Fan dieser Weltreligion kam der Wunsch nach einem Wiedersehen. Eine der ›edlen Wahrheiten‹ beinhaltet für Buddhisten das Leiden an Krankheiten. Ich fühle mich angeschlagen und funktioniere nicht mehr, Eddy. Würdest Du nicht nach jeder Chance greifen, die sich Dir bietet?«.

»Tränen in den Augen? Habe ich Dir mit meinem Wunsch den Boden unter den Pfoten geraubt?«.

»Den spüre ich nicht mehr, seit ich weggesperrt war. Es sind diese Selbstverständlichkeiten, die abhandengekommen sind und mir zusetzen«.

»Demnach habe ich Dir ›nur‹ Tharge genommen? Ich spüre, wie todunglücklich Du bist. Was wäre ich für ein Scheißkerl, wenn es mich glücklich machen würde, Dich für mich allein zu haben, wenn Du Deine Tränen künftig vor mir versteckst?«.

Eddy rennt zu unseren Frauchen, mit einer Bitte in einer ›Herzspalte‹, mit der ich nicht vertraut bin.

»Unser Engelchen will Tharge zurück. Ich habe überreagiert und bin überzeugt davon, dass beide sich heilen können. Dem im Wege zu stehen, ertrage ich nicht. Fahrt Ihr Mo bitte noch einmal nach Hamburg?«.

»Das Glück ist zum Greifen nah. Wir haben Tharge zu uns eingeladen und uns über Eure Befindlichkeiten hinweggesetzt. Er nimmt Dir nichts. Weder ist es seine Absicht, Mo zurückzugewinnen, noch würde es ihm gelingen. Trotz seiner charmanten Art fehlt ihm was Entscheidendes und Du wirst dahinter steigen, was wir meinen. Morgen ›rollt‹ er an«.

Und ich rolle die Augen.

Danke für die Absprache.

Vollendete Tatsachen schaffen, weil Auseinandersetzungen mit mir doch so anstrengend sind und ausufern könnten.

›Gefühlswanderung‹

*T*harge ist inzwischen ein fester Bestandteil unserer Familie für einen nicht von vornherein begrenzten Zeitraum.

Mit einem üppigen Blumenstrauß zum Einschmeicheln und einem opulenten Hundeschmaus ist er hier aufgeschlagen und hat längst alle Herzen erobert.

Muss ich eifersüchtig sein, dass er sich mehr mit Eddy als mit mir beschäftigt?

Ich meine, irgendwann ist es mal gut.

»Behindert-Sein als Freifahrtschein? ›Mein Gauti‹ (Siddhartha Gautama [8]) würde sich Deiner schämen, Herr Tharge«.

Ich bin mir meiner provokanten Art durchaus bewusst, aber nur so besteht die Möglichkeit, dass ich vielleicht mal gesehen werde.

---

[8] https://de.wikipedia.org/wiki/Siddhartha_Gautama

»Siddhartha Gautama wäre entsetzt über das Fehlverhalten jedes Shih Tzu, lieber Mo. Pass mal auf. Ich lerne gerade Deine Familie kennen, was mir viel bedeutet, weil ich merke, wie gut Du es getroffen hast. Ist Dir klar, dass mir am Herzen liegt, was aus Dir geworden ist? Ich bin deinetwegen hier«.

»Und, warum guckst Du mich nicht an?«.

»Du bist es, der akribisch beobachtet, mit wem ich gerade im Kontakt bin. Dabei schaust Du nur auf mein Gegenüber. Werfe keinem Fehler vor, wenn Du zeitgleich welche begehst«.

Tharge rollt von mir weg.

Testet er aus, ob ich bereit bin, ihm zu folgen?

Hin- und hergerissen zwischen ›Ich will nur noch in seiner Nähe sein‹ und ›Fass mir an die Pfoten‹ entscheide ich mich zur Aufgabe meiner Abwehrhaltung.

»Warte, ›Mister Optimum‹. Ich will Dich zurück«.

Gerade noch ohne Tränen laufe ich in seine Arme, die er weit ausgestreckt hält.

»Ich hoffe, Ihr versteht es, dass er und ich nun viel Zeit für uns benötigen«.

Tharge wendet sich an meine Familie und erntet große Zustimmung, woraufhin wir aus dem Haus rollen.

»Gibt es für Dich Lieblingsplätze?«.

Dieser Mann, der das Leben aus allen Perspektiven kennt, verfolgt eindeutig einen Plan.

»Wenige, die mir viel bedeuten. Darf ich sie Dir zeigen?«.

»Nicht so schnell. Ich möchte eine ›Gefühls- wanderung‹ mit Dir beginnen. Wichtig dafür ist, dass Du mir in Einzelheiten berichtest, welche Emotionen Dich erschüttert haben und andere, die trotz der aussichtslosen Lage Hoffnung in Dir weckten, als Du in Marvins Händen warst. Jedes Gefühl assoziierst Du mit einem Deiner liebsten Plätze. Ich bin der festen Überzeugung, dass es Dir hilft. Verstehe es als Therapie. Du wirst an den Orten jedes Mal mit dem gewählten Gefühl konfrontiert und es wird nachlassen, dass sie Besitz von Dir ergreifen. Meinst Du, Du bewältigst das?«.

»Du Tharge? Ich habe nichts verstanden. Einer meiner Orte entspricht für Dich einem Gefühl?«.

»Erzähle mir von dem, was in Dir vor sich ging, als Dich Marvin eingesperrt hat«.

»Misshandelt wurde ich und ich möchte nicht, dass es kleingemacht wird. Wegstecken ist eins; das, was meinem Körper angetan wurde, tat fast weniger weh. Weißt Du, wie schlimm es ist, wenn man keine Chance mehr sieht, heil einer Situation zu entkommen? Ja, gedacht habe ich viel, bis zu dem Zeitpunkt, an dem ich mich leer gefühlt habe«.

»Leer? Das ist auch ein Gefühl«.

»Wirklich? Ich hatte Wut in mir zu Beginn, war traurig angesichts meines abnehmenden Selbstwertgefühles. Marvin sah nichts in mir, außer einen abartigen Köter. Geekelt habe ich mich vor dem permanenten Geruch von Schnaps, Bier und Zigaretten. Entgegengesetzt freute ich mich, sobald er sich zu mir setzte und mich einbezog in sein Leben. Dann hoffte ich, bis ich wieder bangen musste, wenn er ausrastete, was unverhofft geschah. Die

Angst vor dem Tod war das Schlimmste, sie steigerte sich hin bis zur Panikattacke, weil ich mich nicht von meiner Familie verabschiedet hatte. Die Überraschung, dass er mir was zum Trinken und Essen gab, schwand schnell, als er mich körperlich und psychisch misshandelte und ich ihn dafür verachtete und einfach hassen musste. Nie habe ich was mehr bereut, als diesem Mann alle Worte geglaubt zu haben. Stolz war ich dennoch auf mich, dass ich es geschafft habe, in ihm zwiespältige Gefühle zu wecken, denn er überlegte, wie er mit mir verfahren solle. Verzweifelt saß ich in der Ecke, als mir mein letzter Tag angedroht wurde. Ich erinnere eine größtmögliche Dankbarkeit, als mich Eddy unvorhergesehen befreite«.

»Sehr kontroverse Gefühle, die zu verarbeiten nicht leicht sind. Ich fasse mal zusammen. Leere, Wut, Traurigkeit, Ekel, Freude, Hoffnung, Angst und Panik, Überraschung, Verachtung, Hass, Reue, Stolz, Verzweiflung sowie Dankbarkeit. Diese Palette von Gefühlen ergibt unser Sensorium für die

Wanderung mit positiven und negativen Zielpunkten«.

Ich habe eine Erleuchtung.

»Wir buddeln an meinen Lieblingsplätzen ein Loch und beerdigen das Gefühl?«.

»Besser hätte ich es nicht erklären können. Du bist auf einem guten Weg«.

»Die schönen Gefühle will ich nicht töten, nur die anderen«.

»Wir müssen alle unter die Erde bringen, Mo. Die, die Du als schön erlebt hast, verschleiern die Wirklichkeit. Auch diese sind in einer Situation entstanden, in der Du Todesangst hattest. Wir beseitigen das komplette Paket, damit Du die schreckliche Zeit hinter Dir lassen kannst. Was Du tun kannst, um das zu erkennen, ist einfach. Du sprichst mit mir darüber, was Du wie empfunden hast und was es in Dir auslöste. Das befreit. Wir schreiben die Gefühle auf kleine Zettel als Symbole und stecken sie für alle Zeiten weg. Das hilft Dir, um künftig nur die echte Wärme zu spüren, ohne Dich an was Schlimmes erinnern zu müssen«.

Mit den bildhaften Ausdrucken starten wir wenig später unser Vorhaben.

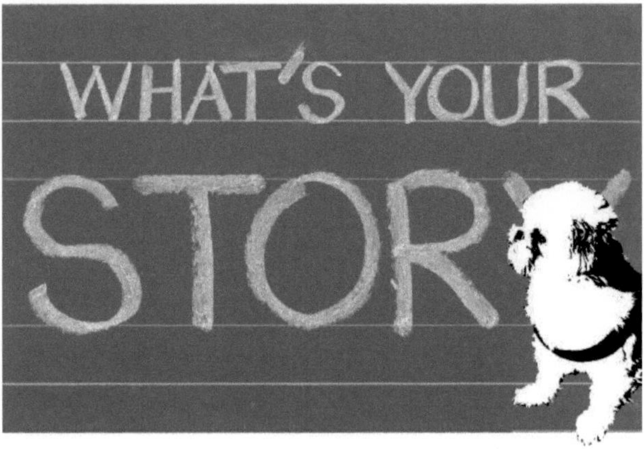
WHAT'S YOUR
STORY

Kampf der Gefühle

Diese Leere in mir

Mit unendlicher Traurigkeit laufen wir an einer Landstraße vorbei direkt zu dem Bunker.

Tharge ist entsetzt, dass ich dieses dunkle Verlies als Lieblingsplatz wähle.

»Kein Tageslicht, dunkle Mauern? Mo? Hier kannst Du Dich als kleiner Shih Tzu, der sich selbst wichtig nehmen sollte, nicht aufhalten«.

»Ich vertraue Dir. Kannst Du mir Deins schenken? Komm mit rein. Ich brauche das Aufsuchen dieser Mauern dringend für mich«.

Dass Tharge es schwer hat, mit seinem ›Rolli‹ durch die enge Schlucht zu kommen bis hin zu der Stelle, an der uns Marvin belog, fällt mir nicht auf.

Zittrig und ängstlich sitze ich wartend an dem Punkt, an dem das ganze Drama seinen Lauf nahm.

»Endlich. Wo warst Du so lange?«.

Ohne eine Antwort abzuwarten, sprudelt es aus mir heraus.

»Hier, Tharge, guck her, hier«.

Ich zeige auf die Steine.

»Hier begann die unaufrichtigste Geschichte, die mir je erzählt wurde. Marvin schaffte eine Atmosphäre, die Eddy und mich einfing. Von einer schlimmen Kindheit war die Rede und von Ungerechtigkeiten der Welt ganz allgemein. Ihm sei immer übel mitgespielt worden. Wir fühlten mit diesem gebrochen wirkenden jungen Mann. Als ich mich fragte, wo ich die schlimmste Leere spüren würde, kam ich auf diesen Bunker. Es funktioniert. Alle Bilder ziehen an mir vorbei und ich spüre nichts mehr. Wie eine Maschine«.

»Fühlst Du Dich von außen gesteuert?«.

»Eher ungesteuert - wie angewurzelt. Dieses Grau hier brauchte ich für unseren Zettel ›Leere‹«.

»Du bist depressiv, kleiner Tiger«.

»Nein, leer«.

»Kannst Du wütend sein, weil Marvin Euch hier dreist ins Gesicht log?«.

»Ich habe keine Ahnung, was Sache ist. Alles erscheint weit weg. Ich sehe ihn hier sitzen und fühle nichts. Wenn ich ehrlich bin, muss ich gestehen, dass ich mich an vieles nicht mal erinnere. Aber hier ist der Platz, an dem ich meine Leere wegtue«.

Tharge schaut zu bei meinem Versuch, die Steine zu bewegen, und zeigt auf eine Stelle, an der sich Erde befindet.

Beinahe hätte ich unsere ›Gefühls-wanderung‹ vorschnell aufgegeben.

Ich buddele ein tiefes Loch, um den Zettel mit meiner Schnauze reinzudrücken, während ich zeitgleich die Erde zurückschiebe, was mir ein wohliges Gefühl vermittelt.

»Dies soll der letzte Tag sein, an dem mich der Brocken an Leere begleitet. Lebe wohl, Du Scheiß-Gefühl«.

»Bist Du des Wanderns müde?«, necke ich Tharge, als er wiederum mit Schwierigkeiten kämpft, durch das Geröll nach draußen zurückzufinden.

»Komm, unser Weg ist wichtig und weit«.

Ich passe mich seiner Geschwindigkeit an, damit wir nicht demnächst seine Gefühle begraben müssen.

Tharge atmet auf, als er den nächsten Platz sieht.

»Ein Hundeplatz mit Parkour? Spannend. Bist Du sicher, dass Du hier ein Gefühl lassen möchtest?«.

»Unbedingt. Die Wut, die ich nicht herauslassen konnte, aus Angst vor neuen Übergriffen. Weißt Du, welch große Bedeutung es hat, dass ich ein doppeltes Paket loswerde?«.

»Was meinst Du?«.

»Erinnerst Du Dich an die Familie, die mich mitgenommen hat, als ich Tibet und Dich verließ? Sie gehörten zu dieser ›Welpen-Mafia‹, vor der Du mich gewarnt hast. Der Mann war ein Tyrann und nicht gut zu mir. Die Wut, die sich in mir aufstaute, ließ ich nicht raus, weil ich ebensolche Angst vor ihm wie später vor Marvin hatte. Ich wusste, da überschreiten Menschen meine Grenzen. Wie gern hätte ich gekämpft für meine Selbstachtung, doch hinderte mich die Angst vor dem, was mich beim Aufbegehren erwarten würde. Zudem schämte ich mich stellvertretend für Marvin, weil er seine Wut an Gegenständen und Lebewesen abreagierte. In meinen Augen war es armselig und ich hätte ihm vor die Füße spucken müssen. Diese Wut in mir wollte ich loswerden, indem ich sie rational betrachtete, doch sie manifestierte sich als dicker Kloß in meinem Hals. Marvin hätte zum Boxen gehen können, statt auf einen kleinen weinenden Shih Tzu einzuprügeln. Doch meine blutenden Wunden waren es, die ihm Erleichterung verschafften. Komm, ich wähle die Laufrolle und den Wackel-Reifen, um meine Wut freizusetzen, die ich am Ende mit dem Zettel im Teich drüben ertränke«.

Wann hatte ich zuletzt so viel Spaß am Herumtoben an Geräten, die ich sonst ignoriere, weil ich meinen Trainingsmangel lieber anders ausgleiche. Ausgelassen folgt Tharge mir mit seinem ›Rolli‹ und sieht nicht mal alt aus neben mir. Gefühlt nach zwei Stunden unterbreche ich unsere Therapie und schreie glücklich gen Himmel, dass die Wut meinen Körper verlassen hat.

Mein Seelenheil wird jäh gestört, als ich zu Tharge schaue, der unsagbar traurig wirkt.

»Was ist mit Dir?«.

»Die ›Welpen-Mafia‹, Mo. Was nur hast Du in Deinem jungen Leben ertragen? Ich fühle mich mitschuldig, dass ich Dich gehen ließ. Aber Du warst neugierig und Deinem Wunsch, nach Deutschland zu gehen, wollte ich nicht im Weg stehen. Du bist so tapfer, ein kleiner Kämpfer. Ich bin stolz auf Dich«.

Seine Worte berühren mich und mit zittrigen Pfötchen bringe ich den ›Wut-Zettel‹ zum Teich, um meine Tränen zu verstecken.

Plötzlich steht er mit seinen Rädern hinter mir.

»Weinst Du Mo?«.

»Quatsch. Ich habe das Teil reingeworfen und Tropfen abbekommen«.

Ob er mir glaubt, dass ein Blatt Papier kleine Fontänen bewirkt, die so hoch spritzen können?

Für dieses Gefühl gibt es einen besonderen Ort.

»Du, Tharge? Keiner kennt die Traurigkeit besser als Du. Wo hast Du sie begraben?«.

»Wenn ich ehrlich bin, ist es mir bis heute nicht gelungen. Ich träume von meiner Familie und meinem Shih Tzu täglich über Tag, falls ich sie in der Nacht vergesse. Sie sind präsent. Die Nachtträume sind schrecklich.

Du erwachst und spürst nichts als Einsamkeit.

Alle Gefühle loszuwerden, das kann gerade ich Dir nicht versprechen.

Ohne Grund habe ich Tibet ja nicht verlassen.

Der Supermarkt um die Ecke, in dem meine Frau täglich eingekauft hat, raubte mir irgendwann den Atem, egal, wie sehr ich dagegen angekämpft habe. Ich wollte nur Zwieback holen, weil ich Magenprobleme hatte, und blieb vor dem Regal stehen, an dem meine Frau schräg gegenüber Windeln eingepackt hatte. Über eine Stunde stand ich davor, bis mich ein Mitarbeiter ansprach und ich fluchtartig das Geschäft verließ. Die Tankstelle, bei der sie belegte Sandwiches holte, während ich unseren Wagen betankte, ich konnte nicht mehr links abbiegen, um auf das Gelände zu fahren. Dann warst Du plötzlich weg. Ich konnte mein Leben in meinem geliebten Tibet nicht mehr ertragen. Mit Abstand wurde mir jedoch klar, dass es meine Heimat bleibt. Ich möchte zurück und wünsche mir einen Neuanfang«.

»Brauchst Du mich dafür? Ich muss mir der Tragweite bewusst sein, falls mehr auf mich zukommt, als ich mir gerade ausmale«.

»Was würde es mit Dir machen, von Deiner Familie fortzugehen?«.

»Gefühlsmäßig meinst Du? Eddy hat seine liebsten Kameradinnen verloren. Es hört sich harmlos an, war für ihn allerdings Grund genug, sein eigenes Leben zu vergessen. Bis er mich fand. Meine ›Mamas‹? ›Mama Panik‹ liebt mich, doch mein Herz habe ich an ›Mama Perfekt‹ vergeben. Sie zurückzulassen, es würde mir das letzte Stück Herz brechen, das ich noch besitze. Ich kann das nicht und es tut mir so leid. Ich gehöre hierher, wenn ich mich auch oft an Dich, meine ersten Lebenswochen, das Kloster und Tibet in größter

Verbundenheit zurückerinnere. Enttäusche ich Dich gerade?«.

Tharge schweigt und hält den Daumen hoch.

»Darf ich das Thema wechseln, ohne dass Du mich für unsensibel hältst? Marvin. Ich war traurig, als er mir sagte, dass er alles als ›Glaubensmist‹ abtut, auch den Buddhismus. Mit seinen Worten wird man eingefangen und der Selbstständigkeit beraubt. Alle würden eine große Show abziehen und niemand würde es merken. Diese Traurigkeit ist bis heute geblieben. Weißt Du noch, wie gut es tat, zu meditieren? Ob ich es je richtig gemacht habe, ich weiß es nicht, aber diese Ruhe tat immer gut. Ich gestehe, dass ich immer gezwinkert und nach Dingen geschaut haben, die mehr Faszination auf mich ausübten«.

Ich laufe zu einem Platz, den ich liebe.

Ein kleiner Wald, der zum Luftholen einlädt.

An einem Baumstamm, der inzwischen nicht mehr steht, sondern Spaziergängern eine Sitzmöglichkeit bietet, buddele ich die nächste Ruhestätte für das ›Schild Traurigkeit‹.

»Können wir über alles andere in Ruhe sprechen, Tharge? Erst mal will ich die Gefühle loswerden«.

»Du machst alles richtig, mein kleiner Xinghuo«.

»Ich sehe mich als Mo; könntest Du das hier in Deutschland auch? Gerade im Zusammenhang mit unserer ›Marvin-Vernichtungstour‹, der mich leider weder als den einen noch den anderen gesehen hat«.

Wie und wo werde ich das Gefühl von Abscheu los?

Mein rollender Begleiter hält sich die Nase zu, als wir zur Kläranlage kommen.

»Lieblingsplätze, Mo. Hast Du mich missverstanden?«.

»Nö. Für die fiesen Gefühle wähle ich Orte, die ich nie wieder aufsuche«.

»Was rief so einen Ekel in Dir hervor?«.

»Die harmlosesten Gegenstände, die in dieser Hütte waren, führten bei mir zu Brechreiz. Diese Gerüche, die Dunkelheit, die Enge, alles führte mit zunehmender Gefangenschaft zu einem Ekel, den ich zuvor in der Ausprägung nicht kannte. Als Marvin mich anfasste, - ich spreche nicht von den brutalen Szenarien, - stieg in mir Übelkeit auf. Und dann war da dieser komische Wassernapf, der danach roch, dass die letzte Zeit des Hinvegetierens gekommen war. Seitdem fällt es mir schwer, aus Schalen zu trinken. Ich schüttele mich bei bestimmten Worten, die er benutzte, selbst wenn sie von anderen gewählt werden. Und mein Blut ekelt mich, seit ich in diesem Rot liegen musste, ohne es stillen zu können. Wenn Du mir helfen könntest, dieses Gefühl loszuwerden, werde ich wieder ein Stück ›der Alte‹, Tharge. Bitte hilf mir«, flehe ich ihn voller Hoffnung auf Erlösung an.

»Die Näpfe zu Hause sind koscher. Du musst loslassen und Bilder verändern. Glaubst Du noch immer nicht an den Erfolg unseres Gefühlsfriedhofes? Du gehst befreit aus unserer Wanderung und wirst der, der Du ›vor Marvin‹ warst. Dafür musst Du die ›Ekel-Karte‹ in die eklig riechende Kuhle schmeißen. Bitte nicht wieder mit so viel Power, dass Du ›Gülle-Tränen‹ im Gesicht trägst«.

Der Ekel geht unter, nur der letzte Satz von Tharge mit seinem schelmischen Lachen geht mir nicht aus dem Kopf.

Kein Mensch oder Hund der Welt würde das Gefühl Freude vergraben.

»Tharge? Ich bringe das nicht. Dir einen Ort zu zeigen, den ich mit Licht in Verbindung bringe, ist kein Problem. Dort aber zu buddeln, um eines der schönsten Gefühle loszuwerden, das widerstrebt mir. Bist Du sicher, dass sich in Deinen Überlegungen kein - wenn auch klitzekleiner - Fehler eingeschlichen hat?«.

»Mache Dich frei. Du verlierst hier alle Gefühle, die mit dem Psychodrama zusammenhängen. Du warst es, der auch von Freude gesprochen hat. Diese hängt aber mit traumatischen Erfahrungen zusammen und muss ebenso weg wie die Gefühle, die negativ besetzt sind. Vertraue mir, wir sind Buddhisten, Mo. Das wirst Du immer in Dir tragen«.

»Ich habe mich gefreut, als Marvin meinte, er könnte wie ich in Wolken lesen. Sicher hat er mich wieder hochgenommen und belogen, aber ich beherrsche es. Diese schönen Dinger am Himmel, alle haben eine andere Form, manche ziehe langsam, andere wollen schnell verschwinden. Und in einigen erkenne ich das, was mich zuvor mit einem Fragezeichen zurückließ. Es ist wie ein Puzzle, bei dem einige Teile fehlten. Die Wolken schieben sie mir hin. Du meintest, ob ich das ›Wolkenlesen‹ noch beherrsche. Habe ich das von Dir? Diese ganz besondere Fähigkeit, auf die ich stolz bin?«

»Definitiv verneine ich. Du bist es, der das möglich macht, weil Du feinfühlig bist wie ich. Wir glauben an Dinge, vor allem an das Gute zwischen all den Problemen, die uns den Blick versperren wollen. Du meintest, Marvin hat in der Wolke Deinen Tod für den nächsten Tag gesehen und sprichst trotzdem von Freude?«.

»Grenzt das an Schizophrenie? Wenn Du aber tagelang im Dunkeln gefangen bist, springt Dein Herz, wenn Du von Wolken hörst. Alles andere habe ich ausgeblendet«.

»Nein. Viel hast Du mir erzählt von Eddy, seiner immensen Trauer um zwei Dackel-Hündinnen und deren Gedenkstätte. Einen besseren Ort gibt es nicht. Meinst Du, Eddy hätte Dich in dieser weiten Welt gefunden, hätten die beiden ihm ›von oben‹ kein Zeichen gegeben? Oben! Verstehst Du das? Himmel und Wolken. Was Trauriges ist gegen was Freudiges ersetzbar«.

Eine Stunde später sind wir bei mir zu Hause.

Während Tharge mit unseren ›Mamas‹ Kaffee trinkt, weihe ich Eddy in meinen Plan ein.

Ohne seine Zustimmung gehe ich nicht an sein Heiligtum.

»Ich weiß zwar nicht, was Kimba und Blacky mit Deiner ›Gefühlswanderung‹ zu tun haben, ich bin mir sogar sicher, dass sie Dich niederkämpfen würden; wenn es Dir aber hilft, bin ich nicht dagegen. Ich habe es nicht so mit diesem esoterischen Gedöns, doch ist mir jedes Mittel recht, um Marvin in Dir zu zerstören«.

Beim Verbuddeln des Kärtchens ›Freude‹ sind alle anwesend und in mir macht sich eine Wärme breit, die ich auf ewig buchen will.

In den Himmel guckend lese ich in einer Wolke ein ›L‹.

Leben?

Liebe?

Die Nächste wickelt ein ›N‹ auf.

Neuanfang?

Es war nicht schlimm, die verlogene Freude zu beerdigen.

HOFFNUNG

Nein, Tharge, das kannst Du nicht von mir verlangen.

Ich trage nicht eines der wichtigsten Gefühle zu Grabe.

»Es gibt dazu eine bewegende Geschichte, Mo. Hoffnung und die eigene Erwartungshaltung. Wenn Du Deine Zukunft in hellen Farben sehen kannst, unabhängig von den dunklen Bildern in Dir und dem, was Marvin in Dir zerstörte, wirst zu zappelig und springst los, ganz bestimmt. Ich kenne dieses ›schwarze Loch‹, aus dem mich mein Glauben zog. Wenn es Dir nicht gelingt, dann denke an die, die Dir wichtig sind und alles tun, um Dich zurückzubekommen. Verlierst Du Dich, gibst Du diesen Verlust an Deine Familie weiter.

Was hast Du gefühlt in dieser Hütte, weggesperrt und auf dem Tiefpunkt? Irgendwo in

Dir schlummerte scheinbar die Gewissheit, dass es wieder gut wird. Hast Du wirklich je die Kontrolle über Dich und die Situation aufgegeben? Ich kann das nicht glauben, weil ich diese besondere Stärke in Dir kenne. Diese Hoffnung, irgendwann Deine Lieben wiederzusehen und das Tageslicht, war die Zuversicht, die Du in leichteren Lebensphasen in Dir getragen hast. Verstehe endlich, dass wir nur die Gefühle begraben, die im Zusammenhang mit Deinem Trauma stehen. Kennst Du das ›innere Kind‹, also den ›kleinen Welpen in Dir‹? Damals in Tibet warst Du neugierig, wolltest heraus in die Welt und ich spürte Hochachtung vor Deiner Aussage, dass nichts Dich erschüttern kann. Jede Perspektive war Dir recht, weil Du Deine eigene daraus gemacht hast. Wie Du was betrachten musstest, um daraus einen Plan zu schmieden, hat mich beeindruckt. Bitte lebe danach, aber vermische nicht die Hoffnung der Problem-unbelasteten Zeitabschnitte mit denen in Extrembelastungen. Letztere musst Du abschütteln, damit nur die gesunden bleiben.

Ein guter Ort wäre der Platz, an dem Du traurig warst. Gibt es so einen?«.

»Es ergibt keinen Sinn, Tharge. Ich verbuddele die schlechte Hoffnung nicht an einer Stelle, an der ich Traurigkeit spüre. Du würfelst mittlerweile Gefühle durcheinander, Du ›Wirrwarr-Mönch‹. Ich will zu einem Gnadenhof, wenn wir auch einige Kilometer vor uns haben«.

»Gnadenhof?«.

»Ja, alte und kranke Tiere finden dort ihr letztes Glück, dennoch verstehe ich nicht, dass sie nicht bis zu ihrem letzten Atemzug da leben dürfen, wo sie glücklich waren. Ich möchte negative Hoffnung dort im Namen aller, deren Leben viel wert ist, loswerden. Du als Buddhist musst es verstehen.

›Das Problem ist, Du glaubst, Du hast Zeit[9]‹

Und dann läuft sie einem davon. Vertrauen ist auch ein fundamentales Gefühl. Ich vertraue

---

[9] https://www.careelite.de/buddha-zitate-buddhismus-sprueche/

darauf, dass ich bei meiner Familie sein darf, wenn ich die Augen für immer schließen muss. Alle Tiere denken wie ich und ich verschließe nicht meine Sicht davor, dass der ein oder andere auch Schlimmes erlebt hat. Dort dieses Kärtchen loszuwerden, aber hoffnungsvolle Gedanken für die Zukunft im Kopf zu behalten, davon rücke ich nicht ab. Komm, wir haben einen längeren Weg vor uns«.

Der Besuch des Gnadenhofes war anstrengend und angstbesetzt.

Was, wenn ich doch irgendwann hier die letzte Jahreszeit meines Lebens verbringen muss?

Niemand weiß, was das Leben für einen bereithält.

Ich werde kein falsches Bild vermitteln, - die Tiere dort wirken alles andere als unglücklich und ich hege großen Respekt vor den Menschen, die uns Tieren das ermöglichen.

»Mo? Du schweigst seit zwei Stunden. Das ist keine Traumabewältigung. Lass raus, was Dich bewegt. Wir sind bei Angst und Panik. Was hat Dich fertiggemacht, als Marvin vollständig von Dir Besitz ergriffen hat?«.

Warum ich schlagartig aufgrund eines Tränenschleiers Tharge nicht mehr erkenne und die innere Unruhe kaum mehr aushalte, ist mir unerklärlich.

Sollte dieser Ausflug mich nicht befreien von jeglichen destruktiven Gefühlen?

Mich zusammenzureißen schaffe ich noch und denke angestrengt an dieses schlimme und gnadenlose Eingeschlossen-Sein.

»Ich saß auf einem eiskalten harten Boden und hatte anfangs Angst vor kleineren Folgeschäden, wenn Du verstehst? Nierenerkrankung oder Unterkühlung. Klar, Du als ganzer Kerl hast zuerst an die Prostata gedacht. Ich hatte keine Ahnung, wo ich mich befand und dass mein Leben bedroht war. Diese Furcht erreichte eine Eigendynamik und verursachte Herzrasen, das ich nicht mehr losgeworden bin. Ich hatte das Gefühl, mich bei Marvin für alles immer und immer wieder entschuldigen zu müssen, selbst für Dinge, die ich richtig gemacht hatte. Dieses Hinein-steigern mündete in Panikattacken, was ich erst nach meiner Freilassung erkannte. Wenn Marvin Bier trank, inadäquat lächelte oder schrie, erlebte ich Schmerzen in meiner kleinen Brust, die ich nicht kannte. Dass ich nach Luft schnappen und erbrechen musste, provozierte diesen Typen mit der Folge, dass er einfach zulangte oder trat. Einmal erblickte ich einen Lichtstrahl, als er die Tür einen Spalt öffnete, und erst da wusste ich, um was er mich betrog. Er zelebrierte eine regelrechte Show um das Planen meines Mordes. Diese Angst, nie wieder in die Augen meiner geliebten Menschen und meines Eddys gucken zu können, sorgte für einen ersten ›inneren Tod‹, bis ich mich leer fühlte, aber das haben wir bereits verbuddelt«.

Tharge wirkt tief betroffen.

»Gab es Momente, in denen Du eine neue Attacke befürchtet hast?«.

»Bei jedem seiner Übergriffe befürchtete ich den nächsten Aussetzer«.

»Nein, ich meine die Angst vor der Angst«.

»Ich bin ein Hund, und Deine Therapiesülze verstehe ich nicht mal in Ansätzen«.

»Ich kehre nicht nach Tibet zurück, bevor ich Dich nicht sensibilisiert habe, mehr auf Dein Herz zu hören. Ich weiß, dass es Dir momentan kaputt vorkommt, aber wir schauen auf den Erfolg unserer Tour, an die ich fest glaube. Wo ist der richtige Platz, die gefühlte ›Angst‹ loszuwerden? Ich empfehle ein Konfrontationstraining, weil Deine Schilderungen eine unumstrittene Diagnose nahelegen«.

»Dramatische Belastungsstörung, ich weiß«.

»So ähnlich«.

Er lacht.

»Wir nageln Deinen Zettel und sinnbildlich Marvin an die Wand dieser Hütte, in der Du die Gefühle zertrümmerst«.

Wenn mir auch mulmig ist, laufe ich nach Hause, während mir Tharge hinterherrollt, vermutlich überfordert von der Frage, was mir vorschwebt.

Ich werde nie wieder diesen Ort ohne meine Familie aufsuchen, die ihre Zweifel schnell über Bord werfen und uns dorthin begleiten.

»Du musst da nicht rein«.

Meine ›Lieblingsmama‹ spürt meine Anspannung.

»Doch. Ich muss dem Psychopathen die Seele raus hämmern«.

Schnell erleichtert mich, dass ich keine Angst vor dieser dunklen Kammer verspüre, weil ich mit der Gewissheit reingehe, dass meine Familie mich beschützt.

»Eddy? Ich brauche Dich jetzt. Bleibst Du an meiner Seite? Tharge, sei mir nicht böse. Ich brauche diesen ›einsamen zweisamen Moment‹ für mich«.

Sein zustimmendes Nicken und der hochgestreckte Daumen sind das Startsymbol.

Drinnen hämmere ich das Schild an die Wand und lehne mich eng an Eddy.

›Tschüss, Angstgefühl‹.

»Sag mal, wie viele Nägel hast Du für das kleine Zettelchen gebracht? Hast Du es durchlöchert?«, fragt mich Tharge, als wir herauskommen.

»Das Geschriebene bekam nur einen Nagel. Die restlichen neunundzwanzig waren für jede einzelne Lüge und all die Manipulationen, die mich jede Nacht heimsuchen«.

Hier ist der Ort, an dem ich geistesgegenwärtig beschließe, die restlichen Gefühle hier zu lassen.

»Du Tharge? Ich will meine Lieblingsplätze nicht vergiften. Hinter diesen Holzbohlen ereignete sich das Verbrechen, das ich vergessen muss«.

Ich fühle mich bestätigt, als er mir erzählt, dass er darauf gehofft hat, hier einen endgültigen Schlussstrich zu ziehen.

Alle bilden einen Sitzkreis mit mir in der Mitte und ich sortiere die letzten Kärtchen.

›Verachtung‹ und ›Hass‹ bringe ich zusammen.

»Wisst Ihr, im Grunde sträubt sich alles in mir bei dem großen Wort Hass. Denke ich allerdings an Marvin, verspüre ich dieses verachtende Gefühl. Wäre ich anders als er, wenn ich mich auf seine Vernichtung konzentriere? Er erledigt das allein. Ich werde mich nicht rächen, weil eine Abrechnung mir die nächsten schrecklichen Gefühle bereiten würde. Seht Ihr, was hier steht?«.

Ich halte die Karte hoch.

›Reue‹.

»Ich bereue, wie naiv ich ihm alles geglaubt habe und dass er uns leidtat, weil er seiner Freundin nachweinte. Weiterhin, dass er uns kostbare Lebenszeit geklaut hat. Am liebsten würde ich ihm diese Karte in die Fresse stopfen, damit er nie mehr gutgläubige

Gesprächspartner wie eine Spinne einfängt und Unwahrheiten so in Szene setzt, dass man ihn als das arme Opfer deklariert«.

Ich schmeiße das Wort in den Sand.

»Stolz. Viel fällt mir dazu ein, was nichts mit meinem Trauma zusammenhängt«.

»Halt mal inne«. Tharge rollt dicht an mich heran. »Es zählen einzig die Gefühle der damaligen Situation, Mo. Zerstöre nicht die gesunden Anteile in Dir. Warst Du im Moment der von fremder Hand erzwungenen Freiheitsberaubung nicht stolz auf Deine Heimat?«.

Ich bin sprachlos.

»Ich beerdige weder mein Kloster noch Tibet noch Dich oder meine Erinnerungen an die schöne Zeit damals«.

»Du verstehst mich falsch. Ich rede vom ›Wolkenlesen‹. Keine Angst, diese Fähigkeit bleibt Dir erhalten. Aber Du warst in der Dunkelheit ganz sicher stolz, ein Verbrechen aufgedeckt zu haben. Insofern verbuddelst Du am besten vor der Hütte den nicht authentischen Anteil Deines Stolzes, damit der Übrige in Dir gesund werden kann«.

»Wisst Ihr, was mich an diesem ›Analysen-Heini auf Rollen‹ am meisten nervt? Diese verworrene Sprechweise bringt mich an den Rand meines Tzu-Hirns. Sorry, dass mir keiner ein Fremdsprachenlexikon implantiert hat, und auch ein Psychologiestudium kann ich nicht nachweisen. Wenn Du doch so viel von dem verstehst, was sich in jedem von uns abspielt, warum kannst Du nicht längst wieder laufen? Soll ich versuchen, mit lapidaren Ratschlägen Deine psychische Blockade zu beheben?«.

»Werde nicht unfair, Mo«.

Eddy baut sich dicht vor mir auf.

»Dieser Mann hat das Schlimmste erlebt, viel mehr als das, was ein Mensch fähig ist zu tragen. Doch er hat nie aufgegeben. Du warst es, der nach Tharge gerufen hast, als die Situationen sich häuften, in denen Du verheult und verzweifelt in den hintersten Ecken unseres Hauses jeden neuen Tag lediglich ertragen, aber nicht mehr gelebt hast. Er versucht Dir zu helfen und selbst ich als Gefühlslegastheniker verstehe den Sinn seiner Worte«.

»Kannst Du mir noch einmal verzeihen, Tharge?«.

Eddys Worte haben mich wachgerüttelt und ich schäme mich für meine wiederkehrenden verbalen Feindseligkeiten, die an die völlig falsche Adresse gehen.

»Immer wieder. Im Herzen trage ich meinen Xinghuo. Gäbe es im Zentrum des Lebens ein Für und Wider würde für mich die Welt keinen Sinn machen«.

Mit meinen Pfötchen und viel begleitender Dankbarkeit buddele ich vor der Hütte ein großes Loch, in das ich die letzten Karten schmeiße, bis Eddy die Erde raufschiebt.

»Ein Massengrab« witzelt mein Fellfreund.

»Aber eine hast Du vergessen«.

»In voller Absicht. Hat jemand einen Stift?«.

Als ›Mama Perfekt‹ einen aus ihrer Jackentasche zieht, schiebe ich ihr den Bogen rüber.

»Deine Schrift ist einfach schöner«, umgehe ich das Defizit, zu meinen Lücken zu stehen.

»Schreibe ›für Clara‹ und ‹Danke sagt Mo›. Ist es unverschämt, wenn ich Dich bitte, es dann noch von außen an die Tür zu nageln?«.

Zufrieden über den letzten Abschnitt unserer ›Gefühlswanderung‹ verrate ich allen um mich herum, dass ich in der Zeit der geisteskranken Besessenheit von Marvin nicht mehr in der Lage war, Verzweiflung und Dankbarkeit zu unterscheiden.

Ich war glücklich über jede empathische Zuwendung, wenn sie auch meist erst nach tätlichen Angriffen erfolgte und ich an den Schmerzen und den Umständen, die dazu führten, verzweifelte.

Clara, diese nette ältere Dame vom Campingplatz, hat mit ihren aufmerksamen Beobachtungen für Marvins Untersuchungshaft gesorgt.

Diese Dankbarkeit vergrabe ich nicht und den, der mich durchs ›Wolkenlesen‹ rettete, nehme ich mit nach Hause.

Voller Liebe schaue ich zu meinem ›König Eddy‹.

›Mo-Mobil‹

E s ist später Abend.

Eddy hat es sich mit Tharge und mir unter dem Terrassendach gemütlich gemacht und wir sind geschützt vor dem ständigen Wetterwechsel.

Seit Stunden regnet es und durch dieses Geplätscher kämpfe ich gegen meine Müdigkeit an.

»Du hast Großes vollbracht«.

Tharge schaut zu mir rüber.

»Bin ich jetzt keine verlorene Seele mehr?«.

»Das warst Du auch vor der Abschieds-Tournee Deiner verfälschten Sinne nicht. Alles zu seiner Zeit; sich besser zu fühlen heißt nicht geheilt zu sein. Nun zu etwas anderem. Eddy? Wie war das mit dem Monster-Truck für Mo?«.

»Krass, sage ich Dir«, lasse ich den ursprünglich Gefragten nicht zu Wort kommen.

»Wer sein Handy herumliegen lässt, muss sich über Benutzung Zweiter und Dritter nicht wundern. Wir waren allein zu Hause und schauten beiläufig zum Berieseln fern. Da sah ich es, dieses Wahnsinnsteil mit überdimensional großen Reifen. Es hat Besitz von mir ergriffen. Ist das eine Diagnose? Eddy hat es unter Zuhilfenahme der Daten, die auf dem Handy hinterlegt sind, bestellt. Leider ist es nie geliefert worden«.

Traurig schaue ich zu meinem Kumpel, der seiner Miene zufolge offenbar eine andere Version erzählt hätte.

»Du weißt schon, dass man das nicht macht, Eddy?«.

Tharge demonstriert seine Haltung und spricht sich eindeutig gegen Diebstahl und Flunkereien aus.

»Jetzt reicht es mir wirklich«.

Eddy springt wütend auf mich zu.

»Bei allem Verständnis für die zurückliegenden Wochen, die ohne Frage die schwersten Deines Lebens waren, lasse ich mich nicht instrumentalisieren. Du pulst Dir die

Dinge raus, mit denen Du brillieren kannst, während der Rest für mich übrigbleibt, der mich in den Schatten stellt. Ich habe Dir den Monster-Truck gegönnt und Dir bei der Beschaffung zur Seite gestanden. Nicht mehr. Und Du Tharge glaub doch, was Du willst. Ich muss bei Dir mit nichts punkten - im Gegensatz zu der Meinung von Mo bist Du für mich kein Heiliger, der mich sanktionieren darf«.

Beleidigt lässt er uns zurück und verschwindet im Haus.

Die deutlichen Worte wecken mein Gewissen.

»Er hat die Wahrheit gesagt«, gestehe ich reumütig meine Flunkerei.

»Ich bin es, der gern über das Ziel hinausschießt, um das zu kriegen, was ich in meinen Augen haben muss«.

»Und? Hast Du es jetzt?«.

Ich schüttele verneinend den Kopf.

»Bis heute hat mir niemand einen Grund genannt, warum der Truck nicht geliefert wurde. Ich hätte gern mein eigenes ›Mo-Mobil‹, Tharge, in dem ich am Lenker der Held der Straßen bin«.

»Hör mir gut zu Frechdachs. Es ist nicht selbstverständlich, dass Eddy noch an Deiner Seite weilt. Du kannst ihn doch nicht vor-schieben, sobald es für Dich unbequem wird. Die Standpauke über Menschen, die betrügen, gilt Dir«.

»Ich bin ein Hund, hast Du das vergessen? Die Welt besser zu machen, gelingt auch einer gescheiterten Existenz nicht«.

»Meinst Du mich? Was bist Du für eine Kratzbürste geworden, Xinghuo? Wenn Du überzeugt bist, alle müssten nach Deiner Pfeife tanzen, befindest Du Dich auf einem Irrweg, der wehtun kann. Und das schiebe nicht auf die Erfahrungen mit Marvin. Ich gehe nach Eddy gucken. Quatsch, Dir den Wind von vornherein aus den Segeln nehmend korrigiere ich: ›ich rolle‹«.

Seinen Zynismus finde ich unangebracht.

Allein sitze ich hier und grübele über den Inhalt seiner Worte.

War es nicht genau diese, also meine Art, die Marvins aggressives Auftreten ins Unermessliche steigerte?

Was ist verkehrt an mir?

Es sind diese Momente, die mich kaputt-machen.

Bin ich letztendlich der, der alles verursacht?

Durch die Wohnzimmerscheiben sehe ich Tharge mit Eddy auf dem Schoß, sie reden und lachen.

Mir kommen die Tränen.

Mein Tharge mit meinem Eddy, - diesen Anblick ertrage ich nicht.

Wenn ich mich auch überwinden muss, mache ich den ersten Schritt und renne zu meinen ›Herzbewohnern‹.

»Ich respektiere, dass Ihr ab sofort die besten Freunde seid und ich Euch verloren habe, aber ohne eine Erklärung gehe ich nicht. Warum müsst Ihr Euch bei der kleinsten Kleinigkeit zurückziehen? Haltet Ihr mich so schlecht aus? Dieses Weglaufen macht mich rasend. Keinem von Euch habe ich etwas getan, niemanden vorsätzlich verletzt. Okay, ich denke zu wenig nach, bevor ich Sachen raushaue, aber niemals verbirgt sich eine böse Absicht hinter mitunter falsch gewählten Worten. Tharge, wie kannst Du von einem Shih Tzu, der im Alter von wenigen Wochen in die Fänge einer ›Welpen-Mafia‹ gelang, das gewisse Pfötchen voller Feingefühl erwarten? Ich suhle mich nicht in Selbstmitleid und die Opferrolle einzunehmen stand nie auf meiner Prioritätenliste. Und Eddy, Du weißt, was Du mir bedeutest. Lass mich überlegen, warst Du das nicht mit den Verlustängsten nach dem Tod Deiner ›Dackel-Ladys‹? Nun schürst Du sie bei mir. Wie schnell Du Dich für jemand Neuen entscheidest. Merkwürdig. Viel Spaß in Tibet würde ich sagen, wenn ich in der Art weitermache, die Euch gerade von mir entfernt. Verdammt, werdet glücklich und kümmert Euch nicht mehr um mein kaputtes Herz. Wenn Du gehst, Eddy, habe ich ohnehin nicht mehr lange«.

Ich kann dem psychischen Druck nicht standhalten und breche heulend zusammen.

Als ich die Augen öffne, liege ich eng an Eddy geschmiegt auf dem Schoß von Tharge.

Sein Streicheln heilt.

»Mo? Wir hatten schon längst den Zwist auf der Terrasse abgehakt und mussten lachen bei der Vorstellung, dass Du einen Fliegerhelm und so eine ganz fette Schutzbrille trägst«.

Tharge grinst.

»Habt Ihr getrunken?«, frage ich irritiert.

»Dein Herz kann nicht kaputt sein, wenn Du noch träumst und Wünsche in Dir trägst. Eine tolle Familie hast Du. Wenn Du Dich auch seit Stunden nicht gefragt hast, wo sie stecken, rate ich Dir, in den Carport zu gehen - Du wirst sehnlichst erwartet«.

Ich traue meinen Augen nicht.

Vor mir stehen ›Mama Panik‹ und ›Mama Perfekt‹ und verdecken nur wenig von dem, was mir den Atem raubt.

Mein ›Mo-Mobil‹.

Wenn das Leben in Schieflage gerät

Geliebt zu werden, ist das schönste aller Gefühle.

Keiner mag sich vorstellen, wie es ihm geht, sobald er es verliert.

Ich denke über Tharge nach und erinnere unser Gespräch einst in Tibet, als er mit tränenerstickter Stimme vom Tod seiner Frau, seiner Kinder und des ›Familien-Shih Tzu‹ gesprochen hat.

Dieser Mordanschlag, der ihm galt, nahm ihm alles, wofür er gelebt hat.

Wie einsam muss er sich gefühlt haben?

»Woran denkst Du, Xinghuo?«.

»Ich habe Dich gar nicht anrollen hören. Ich zerlege in Gedanken Dein Leben«.

»Ich rate Dir dringend ab. Es reicht, wenn einer mit dem Schicksal auf Kriegsfuß steht«.

»Schicksal? So bezeichnest Du das, was Dir passiert ist? Hast Du die Gefühle, die Du damals hattest, beerdigt?«.

»Würde ich dann in diesem Ding sitzen?«.

»Du kümmerst Dich um mich und vergisst Dich?«.

Ich kann nicht glauben, was Tharge sagt. Demnach hat er mit seinem Trauma nicht abgeschlossen.

»Warum bist Du aus Tibet weg? Deine Heimat hast Du mir damals als was ganz Großes geschildert, unser Kloster war Dein Neuanfang, das Meditieren Deine Medizin. Warum Deutschland?«.

»Weil ich Dir nah sein wollte. Als wir uns wiedersahen, zeigtest Du auf Dein Herz mit den Worten, dass es gebrochen sei. Ich wusste sofort, was Du fühlst, weil es mir damals ähnlich ging. Wir haben so viele Stunden täglich zusammen verbracht. Es war die zweitschönste Zeit in meinem Leben«.

»Räusper, äh, wie bitte? Die zweitschönste?«.

»Verzeihe es mir, wenn die schönste die mit meiner Familie war. In einer Phase der Neuorientierung sah ich Dich unter vielen Shih Tzu und es war ein warmes Gefühl. Ich erinnere jedes unserer kostbaren Gespräche und meine Angst, Dich zu verlieren, weil Du offen und ehrlich zugegeben hast, Dich in Tibet zu langweilen. Hättest Du es nur einmal beiläufig erwähnt, hätte ich an Dir festgehalten, doch Deine Sehnsüchte hatten ein mentales Fundament. Du wolltest nicht einer von vielen sein. Für mich warst Du es nie, aber das reichte Dir nicht. Der Typ, der Dich auf dem Arm davontrug, kam mir nicht koscher vor, aber was hätte ich tun sollen? Du hast glücklich gewirkt, Dein Ticket nach Deutschland gelöst zu haben. Nie werde ich vergessen, als ich Dir ein letztes Mal zugewinkt habe.

In mir zerbrach das kleine Stück Lebensmut, das ich aufgebaut hatte - durch Dich«.

»Tharge? Du hast Dein rechtes Bein bewegt«.

Es ist unglaublich.

Tharge schiebt nun auch das linke nach vorn.

»Weine nicht, mein Freund«, tröste ich ihn, »das ist doch fantastisch. Du wirst wieder laufen«.

»Ich weine aus einem anderen Grund. Heilen wir uns gerade gegenseitig? Hat uns was verbunden, das so viel Macht besitzt? War meine Sehnsucht nach Dir der Auslöser für meine Lähmung, diese zuvor psychisch für Laien nicht erklärbare Blockade?«.

»Wir gehen zurück, bevor uns unsere Trennung gänzlich zerstört. Wie bringe ich das nur Eddy und meinen ›Mamas‹ bei, ohne sie zu verletzen?«.

»Willst Du riskieren, dass die drei, die Dir am wichtigsten sind, erkranken wie wir? Du kannst mich nicht zurückbegleiten«.

»Gefühlt kann ich Dich auch nicht mehr alleinlassen«.

Hier sitze ich mit einer Überforderung in meinem Leben, die jeden Kampf verliert.

Zerrissen, wie ich mich fühle, gehe ich zu meinem Eddy.

»Was würde es mit Dir machen, wenn ich Dir ein letztes Mal zuwinke und Du anschließend zwar nicht alleine, aber ohne mich sein wirst?«.

»Das war meine größte Befürchtung. Ihr geht gemeinsam? Mache Dir meinetwegen keine Gedanken, Mo. Ich komme damit klar, kleiner Freigeist. Ich gehöre zu unserer Familie. Nichts ist mir wichtiger als Dein Glück. Hat die Massenbeerdigung Deiner kranken Gefühle etwas bewirkt? Ich trage alles mit«.

»Ich fühle mich besser, aber es ist zu früh für eine Entwarnung. Du? Ich kann ohne meine ›Lieblings-Mama‹ nicht leben. Könnt Ihr uns nicht alle begleiten?«.

»Gegenfrage: Kann Tharge nicht hierbleiben?«.

Ich bemerke, wie Eddy versucht, seine Tränen vor mir zu verstecken und ich fühle mich einmal mehr schuldig.

»Bislang habe ich mich nicht entschieden. Weißt Du, was wehtut? Ich enttäusche so oder so jemanden«.

»Wenn es nur um Enttäuschung ginge«.

Mit dieser Aussage lässt er mich stehen und ich begreife, dass er nach allem, was ich ihm zumute, Zeit für sich benötigt.

Eddy?

Wie von Sinnen rennen unsere Frauchen durch das Haus.

»Eddy? Eeeeedddddy?«.

»Was ist denn los?«.

Mit der Hoffnung, keine Schuld daran zu tragen, dass er sich versteckt, rufe ich eindringlich mit.

Überall suchen wir ihn - ohne Erfolg.

»Vielleicht im Gästezimmer bei Tharge?«.

Ich blicke schuldbewusst zu meiner ›Mama Perfekt‹.

»Was ist passiert? Sei ehrlich, habt Ihr gestritten?«.

»Nein; wirklich nicht. Er wollte allein sein«.

Die Details der Wahrheit behalte ich für mich.

Erst recht, als nicht nur ich das offene Gartentor sehe.

»Ihr wisst, dass er sich nie weit entfernt«.

Niemand hört auf mich, stattdessen machen sie sich mit Tharge, der gerade dazugestoßen ist und die Situation sofort richtig einschätzt, auf die Suche.

Ich wäre gern gefragt worden, ob ich mitkomme.

Ja, ignoriert mich wieder.

Der böseste Shih Tzu der Welt stellt sich jeder Ablehnung selbstbewusst entgegen.

Ich gehe allein in die Pampa und suche mir Freunde, denen ich nicht so wichtig bin, dass es mir die Kraft verleiht, jemanden zu verletzten.

In meinem Körbchen, traurig, allein und verzweifelt, fange ich zu frieren an.

Alles verschwimmt vor meinen Augen.

Bitte, ›lieber Buddha‹, lass mich schlafen.

Ein erlösender Traum erfolgt ebenso wenig wie die Rückkehr meines Kumpels.

Wenigstens werde ich wieder gesehen und darüber hinaus gestreichelt.

»Wo kann er nur sein Mo? Meistens bist Du es, der eine Ahnung hat«.

»Lasst uns in den Wolken lesen«.

Im Garten stehen wir und schauen in den Himmel.

»Ich erkenne rein gar nichts«, beichtet Tharge und ich würde lügen, wenn ich behaupte, auch nur einen Buchstaben oder ein Bild zu erkennen.

Bis wir von ›Mama Perfekt‹ überrascht werden, als sie aufschreit, in einer Wolke eine Hütte zu sehen.

»Werden wir den Albtraum irgendwann los? Nie mehr wollten wir diesen Ort aufsuchen. Kommt, wir holen ihn zurück. Na warte, Eddy, das hat Folgen«.

Im Auto auf der Rückbank grübele ich, was ihn in mein altes Gefängnis treibt.

Schwitzige Pfötchen sind Zeichen meiner Angst und ich hoffe, dass die Wolke lügt und mein ›Lieblings-Streit-mit-mir-und-lass-uns-beste-Freunde-sein-Kumpel‹ längst zu Hause ist und sich später über unsere Suche amüsiert.

Wenn einer den Schalk im Nacken hat ...

Angekommen.

Die Tür steht einen Spalt offen und wir sehen, dass mein Freund ein Seil um den Hals trägt, während er auf einer Holzkiste steht.

»Mama?«, flüstere ich, »ist Marvin zurück? Es ist so dunkel hier, hält er sich in einer Ecke auf? Das an der Decke festgemachte Seil stammt von ihm. Was, wenn der Kerl die Kiste wegstößt?«.

Ich springe mit voller Kraft gegen die Tür.

Das erste Mal ohne Furcht, weil ich um meinen besten Freund kämpfe.

»Marvin?«, schreie ich in das Dunkele des Raumes. »Nimm die Finger weg von Eddy. Nie mehr tust Du jemandem was an«.

Hinter mir stehen nun meine Frauchen und Tharge.

›Mama Perfekt‹ streichelt mich, als müsse sie mich trösten.

Als meine Augen sich an die Dunkelheit gewöhnt haben, erkenne auch ich, dass sich Eddy total allein hier aufhält.

Mit seinen Pfoten zieht er sich den Strick über den Kopf und springt von der Kiste, um zu mir zu kommen.

Mich erschreckt sein Anblick.

»Du wolltest Dich umbringen, Eddy? Was kann so schlimm sein, nach allem, was auch Du schon erlebt und verarbeitet hast, dass es Dein Leben infrage stellt?«.

»Ich habe große Angst, Dich zu verlieren und kann kein ›Angst-Kärtchen‹ schreiben und es verbuddeln. Du bist jeden Tag an meiner Seite und ich kann mir keinen ohne Dich vorstellen. Gehst Du nach Tibet, wird mein Atem stillstehen. Ich wollte es selbst in der Pfote haben und nicht dahinvegetieren«.

Alles hat seine Zeit

Den bewegenden Tag lassen wir ausklingen, ohne viel Worte zu verlieren.

Jeder muss für sich viel verarbeiten.

Dass ich vor der schwersten Entscheidung meines Lebens stehe, beunruhigt mich.

Würde ich heute in Tibet meinen Lebensmittelpunkt haben, würde ich mich dort zu Hause und richtig wohlfühlen?

Meine Erinnerungen an damals reichen nicht mal ansatzweise an einen lebensfähigen Hund heran.

Die Mönche erinnern sich nicht mehr an mich und wüssten nicht, welche Leckereien ich heute liebe.

Ich hoffe auf einen Morgen, der Klarheit bringt und auf einen Tharge, der just in dem

Moment merkt, dass er als Therapeut und Entscheidungsträger gebraucht wird.

Da sitzt er - zwölf Stunden später.

Mit einem Baguette in der einen Hand massiert er mit der anderen seine Beine, in die langsam das Leben zurückkehrt.

Sein verschmitztes Lächeln, das ich liebe, gibt mir neue Kraft.

»Moin, kleiner ›Grübel-Knirps‹. Wir müssen reden, sehr viel reden«.

»Ich weiß, dass Du eine Entscheidung erwartest«.

»Wofür oder wogegen? In Deinem kleinen Kopf sind zu viel Umdrehungen, Xinghuo. Hast

Du Deinen Spirit eingebüßt? Ich nutze das, was mir das Leben bietet. Das unterscheidet uns. Warum fragst Du Dich permanent, ob Du für andere etwas tun kannst und musst? Diesen Druck machst allein Du Dir«.

»Denkst Du daran, dass wir unterschiedlich gesehen werden, Tharge? Du bist ein Mensch, ich muss mich als Hund behaupten. Als ich in Hamburg gelandet bin, wurde ich wie ein Stück behandelt und ich war gezwungen, etwas zu tun, damit man mich sieht. Das war extrem schwer. Später lernte ich Eddy und seine traurige Geschichte kennen, die zweite schlimme nach Deiner. Wie herzlos wäre ich, würde mich das kaltlassen. Ich war derjenige, der Eddy retten konnte. Dazwischen funkte mein schlechtes Gewissen, Dich mit Deinem Trauma zurückgelassen zu haben. Sag mir, wie schaffen es andere, allem gerecht zu werden?«.

»Es wird Dich erschrecken, wenn ich sage, dass es den meisten egal ist, wie es einem anderen geht. Sie beschäftigen sich zunehmend mit sich. Therapeuten urteilen kontrovers, ob es ein gesunder Prozess oder Narzissmus ist. Die Welt wird kälter, aber Deine Art macht Dich sympathisch, führt wiederum auch dazu, dass Du Dich abkämpfst ohne Lösungen, ohne Befriedigung. Du bist ein feiner Kerl, Mo. Ich kann nicht glauben, dass Du einen Gedanken daran verschwendest, mit mir zu gehen. Korrigiere das und sage mir, dass ich falschliege«.

Mit schlechtem Gewissen schweige ich mich aus.

Mein Leben wäre leer und sinnlos, würde ich Eddy und meine ›Mamas‹ verlassen.

»Ich packe das nicht, Tharge. Verzeihst Du mir meine Zerrissenheit? Gibt es für Dich im Norden nicht noch einiges zu tun? Bitte bleibe hier in meiner Nähe. Wir können uns besuchen und Zeit miteinander verbringen. Du passt in mein neues Leben«.

»Ich habe geschluckt bei Deiner Einlassung mit nach Tibet zu reisen. Viel zu früh hast Du Dich für einen Weg ohne mich entschieden. Was das Schöne daran ist? Du hast Dein Glück gefunden. Ohnehin bemerke ich, dass Du agierst und wenig darüber nachdenkst, wie sehr es Dein Gegenüber verletzt«.

»Deine Kritik tut auch weh. Für mich ist das ein Zeichen, dass Du Frust schiebst«.

»Mache die Augen auf Xinghuo, damit Du die richtigen Zeichen deutest. Ich bleibe noch eine Weile in Hamburg, weil ich Jugendgruppen betreue, die mir am Herzen liegen. Du würdest aus ihnen eine ›Mission‹ machen. Ich liebe es, mich mit Raphael zu beschäftigen, für den ich eine Art Ersatzvater bin. Seinen richtigen hat er nie kennengelernt, und die Mutter ist in ihre Rolle als Alleinerziehende nie hineingewachsen und überfordert gewesen. Obwohl eine Familienhilfe wichtige Aufgaben übernommen hat, kam Raphael an seine Grenzen als ›DER Mann im Haus‹. Verloren wirkend stand er eines Tages vor mir, suchte nach Hilfe und schien total ausgelaugt. Mit meiner Unterstützung haben sich seine schulischen Leistungen um zwei Noten verbessert und er hat erstmals Freunde in einem Sportklub gefunden, was die häusliche Atmosphäre entspannte und dazu führte, dass das Miteinander weniger durch Streit belastet war. Diese Fortschritte sind brüchig und es ist zu früh, ihn mit seinen Sorgen allein zu lassen. Wie Du siehst, Mo, ich werde hier noch gebraucht«.

»Liebst Du ihn? Richtig von Herzen?«.

Ich verfluche meine Eifersucht.

Dieser Raphael kann der netteste Typ sein, dennoch nimmt er mir einen Teil von meinem Tharge.

»Ich schätze ihn und er hat das Potenzial, etwas Wertvolles aus seinem Leben zu machen. Eddy verfolgt mit Dir ›Missionen‹. Wie wäre es mit einer in meiner Lieblings-Jugendgruppe?«.

»Sprich lieber Eddy an. Gerade nach dem Fiasko mit Marvin ist mit unseren ehrenvollen Aufträgen sicher Schluss«.

»Glücklich macht Dich diese Erkenntnis nicht«.

»Ich bin wie Du. Helfen geht vor jeden Freizeitspaß. Erinnerst Du Dich an meine Langeweile in Tibet? Dieses unangenehme Gefühl hat mich nach Deutschland begleitet, bis wir als ›Eddy und Mo‹ durchgestartet sind. Wir sind vom Thema abgekommen. Deinen Worten zufolge habe ich noch viel Zeit, eine Entscheidung für oder gegen Tibet zu treffen«.

»Für oder gegen Eddy, für oder gegen Deine ›Lieblingsmama‹, für oder gegen Deine ›Mama Panik‹, die Dir, wenn auch mit ihrer tollpatschigen Art, zeigt, was Du besser machen kannst? Ich glaube nicht, dass Du wirklich abwägst. Wir müssen uns dringend unterhalten, kleiner ›Honk‹. Sei achtsam, denn einige Dämpfer werden Dich zurückwerfen. Morgen muss ich nach Hamburg zurück. Wie wäre es mit einer Fahrt über die Elbe?«.

»Ich plädiere für die Reeperbahn«, ruft jemand von hinten.

War klar, dass Du im richtigen Moment in Erscheinung trittst, Eddy.

»Das wäre selbst für mich eine Premiere«.

Tharge ist sichtlich angetan von der Idee.

»Erst mal stehen einige Termine auf meinem Plan und ich benötige eine ambulante Rehabilitation mit all ihren bürokratischen Vorarbeiten. Wenn ich in meine Heimat zurückkehre, dann auf zwei Beinen«.

»Ich auf meinen Pfötchen«.

Zugegeben, oft schieße ich über das Ziel hinaus, weil ich Eddy stoppen will.

Mich zerreißt so viel und er ist immer gut gelaunt.

Warum ertrage ich so schlecht, dass Eddy der Welt die Stirn bietet?

Müsste nicht ich derjenige sein, der es ihm gönnt?

»Alles hat seine Zeit. Wir hatten unsere«.

Das habe ich nicht wirklich zu meinem besten Freund gesagt.

»Stimmt Xinghuo«, entgegnet Tharge mit scharfem Unterton.

»Wir hatten unsere«.

Nachdenklich lässt er mich mit einem großen Fragezeichen zurück.

Schatten

Tharge nimmt sich viel Zeit für sich, was mich befürchten lässt, dass ich keine Rolle mehr in seinem neuen Leben spiele.

Bedeute ich ihm so wenig, dass er es nicht in Erwägung zieht, sich bei unseren Frauchen nach mir zu erkundigen?

Was habe ich ihm getan?

»Warum geht er auf Abstand, obwohl ich die Nähe suche?«, wende ich mich an meine engste Vertraute, meine ›Mama Perfekt‹.

»Deine Gedanken zielen in die falsche Richtung, Mo. Auch er hat sein Leben und Dich nicht darüber im Ungewissen gelassen, dass es viele Aufgaben gibt, die er zu erledigen hat. Ganz gewiss meldet er sich. Die wichtigste Frage für uns bleibt die, wann Du Eddy mal wieder siehst?«.

»Er wohnt doch hier«.

»Kannst Du mit Sicherheit sagen, dass er nicht bei Tharge in Hamburg ist?«.

Ich schaue mich um und entdecke ihn nirgendwo.

»Er darf bei meinem Tharge sein, während ich hier leiden und um jede Anerkennung betteln muss?«.

»Verdammt Mo, wann wachst Du endlich auf?«.

Dass meine ›Mama‹ in dieser Weise mit mir spricht, kenne ich von ihr nicht.

»Dein ECHTER Freund liegt seit Tagen oben in Deinem Körbchen. In traurige und leere Augen schauen wir, wenn wir an ihm vorbei in das Ankleidezimmer müssen. Hast Du diese Synapse Mitgefühl verloren auf dem Trip zu Dir selbst?«.

Das hat gesessen.

Noch nie hatte ich ein ausgeprägtes Ego, und immer war mir wichtig, wie es Eddy geht.

Warum nur vergesse ich ihn gerade bei allem?

Reumütig schleiche ich nach oben und erschrecke bei seinem Anblick.

Isst er nichts mehr?

Ich könnte wetten, dass er mich hört, auch wenn er sich abwendet.

»Eddy?«.

»Hm«.

»Es tut mir leid«.

»Was von alledem? Dass Du mir Worte entgegenschleuderst wie Kanonenkugel, die mich verletzen, als kämen sie aus Panzern? Dass ich Dir plötzlich nicht mehr genüge? Oder dass Du keine Gelegenheit auslässt, mich in Gegenwart Deines Herzensmenschen zu kritisieren, weil ich nun mal gern Unfug mache, aber nie ein Heiliger wie er werde?«.

»Mein Herzensmensch ist ›Mama‹ und Du wirst lebenslänglich mein wichtigster Freund sein«.

»Den Du seit fünf Tagen nicht eine Sekunde vermisst hast. Bitte gehe und lasse mich allein. Dass mir was vorgeheuchelt wird, lasse ich nicht mehr an mich heran«.

Wie verzwickt die Situation ist, merke ich erst jetzt.

Eddys Standing ist eindeutig und ich laufe Gefahr, ihn endgültig zu verlieren.

»Hilft Dir eine Beziehungspause? Ich will nur Dich«.

Liebevoll vermittele ich ihm, wie viel mir an ihm liegt.

Als er die Augen schließt, realisiere ich durch seine Abwehrhaltung, was ich aufs Spiel gesetzt habe.

Die Gedanken überschlagen sich.

Wenn er mich nicht mehr will, schlimmer noch, wenn es mit meiner Familie vorbei ist, dann bleibt mir keine Wahl und ich muss nach Tibet zurück. Wie fremd mir dieses Land bei unserer Reise vorgekommen ist, konnte ich nur durch meine Frauchen und meinen Buddy kompensieren.

Ich brauche keine Tharge mit seinem ›der Weisheit letzter Schluss‹-Gelaber.

»Eddy? Ich will Dein Herz zurück. Schaue mit Liebe auf mich, wenn ich es auch nicht verdient habe«.

Mit ›Ich würde alles für Dich tun‹ lasse ich ihn in Ruhe, drehe mich um, damit er nicht denkt, dass ich ihn mit meinen Tränen erpressen will, die unaufhaltsam über meine Nase laufen.

Beim Treppen-abwärts-Steigen höre ich seine Stimme.

»Mo? Wirklich alles? Auch Reeperbahn?«.

»Auch Reeperbahn«.

Habe ich jemals heftiger aufgeatmet?

Hamburg

Zwischen Eddy und mir gibt es ein Comeback.

Ich habe mich für weitaus mehr entschuldigt als nur für meine Worte, die ihn wie Pfeile getroffen und ihn provoziert haben.

Was ich ihm nonverbal angetan habe, habe ich erst begriffen, als ich mich selbst hinterfragt habe.

Heute treffen wir uns mit Tharge in Hamburg.

Äußerst überrascht empfängt er uns in einer seiner Therapierunden mit Jugendlichen und blickt fragend zu mir, als Eddy ihm erneut den Vorschlag unterbreitet, die Reeperbahn unsicher zu machen.

»Ich will da unbedingt hin. Uns Hunden fehlt es meist an Möglichkeiten, über die Schlänge zu schlagen wie Ihr, die ständig nach MEHR suchen. Wir streben nach Eurem Spaß«.

Ich schmiege mich demonstrativ an Eddy.

»Es freut mich. Wir treffen uns in zwei Stunden. Habt Ihr noch was zu erledigen?«, wendet sich Tharge an unsere Frauchen.

Was die sich indes einfallen lassen, um uns die Zeit zu vertreiben, grenzt an geistige Beschränktheit.

Ein großer Auslaufplatz für Hunde mit einer Schlammfläche zum Herumwühlen in allem, was die Menschen im ersten Moment negativ beurteilen.

Innerhalb weniger Minuten verwandeln sich unsere Pfötchen in tiefes Schwarz, bis Eddy übermütig wird, sich wälzt und mich mitreißt.

Dass unsere ›Mamas‹ cool bleiben, irritiert uns. In anderen Momenten haben sie sich die Hände vors Gesicht gehalten.

»Erkennt Ihr uns? Wir sind es. Eddy und ich«.

»Denkt Ihr an den bevorstehenden Abend? Ich war in den 1980er Jahren auch in der ›schwarzen Szene‹ unterwegs«.

›Mama Panik‹ erklärt weiter, kein Handtuch im Auto zu haben.

Ich schaue zu Eddy.

Buddha, ich flehe Dich an, lasse mich hell sein, heller als er.

Ob unsere Frauchen sich oder uns einen Gefallen tun wollten, bleibt eine offene Frage, als wir wenig später an einem Hundestrand sind.

Der Schmutz, den wir im Fahrzeug nicht abrubbeln konnten, löst sich mehr und mehr, bis wir tageslichttauglich und voller Vorfreude in Richtung Kiez zum vereinbarten Treffpunkt starten.

Tharge wartet bereits und empfängt uns mit einem ›Moin, seid Ihr das, die so müffeln?‹.

Eddy versucht uns herauszureden, von Stinktieren über Schweinestall bis hin zu einem Moor-Unfall, während ich mich entscheide, ehrlich zu bleiben.

»Alles Quatsch, was ›der Dicke‹ von sich gibt. Wir hatten viel Spaß beim Schlamm-Catchen. Optisch ist nicht mehr nachweisbar, was Deine Nase riechen will. Mache sie zu. Wo gehts hin?«.

»Große Freiheit«.

»Schon vergessen, dass wir zur Partymeile wollen? Wir können jeden Tag sinnieren über das, was glücklich macht, nur nicht heute. Freiheit genießen wir morgen«.

Was ist das für ein Trubel?

Hinter uns zieht ein Konvoi vorbei mit zahlreichen Trucks, umgeben von kreischenden, tanzenden und singenden Menschen, die farbige Sonnenbrillen, schrille Perücken und bunte Klamotten tragen.

Verängstigt verstecke ich mich mit Eddy hinter den Beinen unserer Frauchen.

»Ich wusste nicht, dass heute der legendäre ›Schlagermove‹ stattfindet; endlich wieder nach der Corona-Pause. Habt Ihr Lust auf Party?«

Wo ist Eddy?

Gerade als ich ihn bitten will, diesem ›Move‹ nicht beizuwohnen, sehe ich ihn auf einem der Trucks.

Die Leute um ihn herum schmücken ihn, während er mit den Pfoten Bonbons in die Menge wirft.

Das ist Seins und diesmal mache ich nicht den Fehler, ihm den Spaß, der ihn ausfüllt, schlecht zu reden.

Bei ›Mama Perfekt‹ auf dem Arm befinden wir uns wenig später alle auf ›Eddys Truck‹.

»Du Tharge?«.

Ich zupfe an seinem Hemd.

»Karneval im Sommer?«.

Er lacht.

»So ähnlich. Hier ist aber gleich Endstation. Ich habe geplant, dass wir ein paar Prominente besuchen. Eddy möchte gern zu Olivia«.

»Eine Kiez-Tour?«.

»Nein, wir besuchen das Panoptikum«.

»Eddy denkt nicht wirklich, dass die Ausgestellten echt sind?«.

»Wir werden sehen«.

Im Wachsfigurenkabinett läuft mein Freund von einem Star zum nächsten, singt ›Udo‹ was von einem ›besonderen Zug‹ vor, grüßt die ›Fischerin‹ von ›Florian‹ und gibt ›Donald‹ Tipps für die nächste Präsidentenwahl.

Bei der ›Queen‹ hält er inne.

»Unsere Hoheit, wir hätten Ihnen gern die letzte Ehre erwiesen und ich habe keine Entschuldigung parat. Für Hunde ist eine Reise nach England eine Weltumrundung und daran scheiterte unser Vorhaben. Bevor wir hier hinausbefördert werden, das hatten wir bereits im ›Deutschen Museum‹, verneige ich mich vor Ihnen und gehe königlich von dannen«.

Der Spinner lässt uns wirklich stehen, ohne nach ›Olivia‹ zu schauen.

»Dir tut sein Humor gut, stimmt's?«.

Tharge bringt es auf den Punkt. Bevor wir unseren Blödelbarden aus den Augen verlieren, heften wir uns an seine Fersen.

Unser Tibeter lässt sich mitreißen und anstecken, albert herum und genießt jeden Schabernack.

»Ey, Eddy, wie oft warst Du schon hier?«, schreit er ihm hinterher.

»Bleibt mein Geheimnis, ›Meister der Meditation‹. Du wolltest die ›Große Freiheit‹ sehen, und ich zeige sie Dir«.

Er verschwindet in einer Bar.

Haben wir eben noch geglaubt, dass er schnell im Namen des Betreibers herausfindet, folgen wir ihm nach zehn endlos wirkenden Minuten.

Eddy steht in der Mitte von zwei Tänzerinnen im Tüllkleid auf der Bühne.

»Hallo Freunde des Burlesque. Ich brenne darauf, Euch kennenzulernen. Gestatten, ›Westie-Diva Meddy‹. Ich weiß, dass ich bei vielen Begierden auslöse, aber ich bin in festen Pfoten. Heute Abend gehöre ich dennoch Euch«.

Ich reibe mir die Augen.

Wie bewegt sich Eddy?

Er steht auf den Hinterbeinen, schwingt seine Hüfte lasziv und streicht sich das Fell aus dem Gesicht.

Das Publikum johlt.

Glaubt auch nur ein einziger, dass der Pelz übergestreift ist?

Nein, mein Freund! Schlage die Schere weg.

Eine Tänzerin hantiert damit herum und schneidet ihm eine Locke weg.

Zu Hause lässt er das ohne Gegenwehr nicht mit sich machen.

»Und, Mo? Ist das nicht erotisch?«, flüstert Tharge.

»Ich finde es peinlich«.

Eddy alias ›Meddy‹ nimmt das Mikrofon und singt.

Nichts bleibt uns erspart.

Ich bin zu viel Frau für einen Mann,
Alle ziehe ich in meinen Bann.
Es gibt keinen, der nicht von mir träumt.
Unser Haus wurde zwangsgeräumt.
Ich liebe sie alle,
aber keiner grapscht mich an.
Meine Erotik ist Programm.
Gehe ich heim zu meinem Freund, wirst Du
es sein, der immer noch träumt.

Tharge klatscht.

»Er gibt eine gute Figur ab«.

»Und er bekennt sich zu mir«.

Ich würde lügen, würde ich nicht zugeben, wie glücklich mich Eddys öffentliches Statement macht.

»Ein wahrer Freund. Los, Mo, Du könntest da hinten an dem Pfosten tanzen«.

Wetten, dass er nicht mit meiner Reaktion rechnet?

Unter lauten Zugabe-Rufen ziehe ich mich mit meinen Pfötchen an der Stange hoch und versuche genauso erotisch auszusehen wie mein Kumpel, der mir zuzwinkert.

Ein gelungener Abend.

Jahreszeiten der Gefühle

›GOM‹

Nach meinem Ausflug in die ›schillernde Gogo-Welt‹ stoppt Tharge meinen Wunsch nach immer größerem Happening.

»Welcher Grund rechtfertigt es, dass Du Dich gegen Meditation sträubst, Mo?«.

»Hast Du noch weitere Hobbys, außer an mir Kritik zu üben? Diese erzwungen unangenehme Ruhe, die nervt mich tatsächlich. Augen schließen sowie Pfoten nach oben, ›Om‹. Es ist nicht mein Ding«.

»Kannst Du Dir unter dem ›Stockholm-Syndrom‹ etwas Konkretes vorstellen?«.

»Meinst Du, ich merke nicht, was hier gerade läuft. Du bist auf Quacksalber-Trip. Syndrome kenne ich zum Erbrechen, weil ›Mama Panik‹

aus dem Psychiatrie-Bereich kommt. Angst machte mir, dass sie den Patient:innen immer ähnlicher wurde. Spaß beiseite. Welche Krankheit willst Du mir nun zugestehen?«.

»Warum gehst Du stereotyp davon aus, dass alle Dir was Böses wollen? Ich dachte an Deine Entführung, die zweifelsohne den Charakter eines Horrorszenarios besaß. Du selbst hast geschildert, zeitweise mit Marvin Mitleid gehabt zu haben. Selbst in der Stunde der Aussichtslosigkeit hast Du eher an seinem als an Deinem Leben Anteil genommen. Du schenkst Dir zu wenig Aufmerksamkeit, ›kleiner Dickkopf‹. Nicht falsch verstehen, ich liebe sie, diese quirlige Art, doch manchmal steht sie Dir im Weg, um zu Deiner Mitte zu gelangen und ruhiger zu werden. Ich wäre heute ohne den Weg über die Meditation nicht mehr am Leben«.

»Du meditierst, ich zelebriere«.

»Was genau?«.

Ertappt.

Ich kenne die Bedeutung von Fremdwörtern nicht und hoffe, indem ich mit ihnen um mich werfe, mein Gegenüber zu verunsichern.

»Bekomme ich noch eine Antwort?«.

»Verdammt, ich erkenne Zusammenhänge, ich mache Dinge wahr, ich erfasse, erkenne und verstehe«.

»Du meinst realisieren, nicht zelebrieren«.

»Hast Du Dich noch nie versprochen, Du Orthografie-Held?«.

Jetzt hat er mich gekriegt.

Wütend springe ich umher und brülle drauflos.

»Du alternder tibetischer Großkotz, Korinthenkacker, Ekelpaket, ›Meditierendes Hohlbrot‹«.

»Gut« stoppt Tharge meine Fluch-Tirade.

»Du fühlst Dich sehr schnell angegriffen. Was ich mich allerdings frage: fühlst Du Dich besser, nachdem Du jemanden beschimpfen konntest, um Dir Luft zu machen?«.

»Befreit. Ganz ohne Deine ›Gom‹-Therapie«.

»Ich verletze niemanden, wenn ich meditiere. Ein schönes Gefühl, dass ich nicht schreien muss, um mich gut zu fühlen. Das von Dir belächelte ›Om‹ steht bei mir für inneren Frieden und all meine Träume. Ich liebe das Leben, Mo«.

»Du liebst Dein Leben? Ich kotze gleich, wenn Du nicht aufhörst mit dem Heucheln. Deine Frau und Deine Kinder sind mit Eurem Hund im Auto in Flammen aufgegangen. Wo war denn in diesem Moment das Gute, dem Du heute dankst? Du sitzt im Rollstuhl, verlässt Deine geliebte Heimat, Deinen Worten zufolge, um hier in meiner Nähe zu sein und für Buddhisten in Deutschland eine tragfähige Rolle zu spielen. Eine Rolle spielst Du in der Tat. Abgehauen aus Tibet, damit niemand sieht, was aus Dir geworden ist«.

»Was ist denn aus mir geworden?«.

»Du läufst nicht, sondern ruhst Dich auf Rollen aus, weil Deine Seele kaputt ist«.

»Komm her, Mo«.

Er streckt mir seine Arme entgegen.

Warum weint nicht nur er?

Auf seinem Schoß schmiege ich mich an seine Brust, um sein Herz zu hören.

»Es tut mir leid, Tharge. Ich weiß nicht, warum ich Dir das antue. Verletzen will ich weder Dich noch die anderen, die mir wichtig sind. Ich kann mit Schwäche nicht gut umgehen. Wenn ich meine deutlich spüre, macht es mir große Angst, wenn andere nicht stark genug für mich mit sind. Das hat Marvin aufgeregt und ihn angestachelt. Marvin? Ist Dir aufgefallen, wie lange ich nicht mehr von ihm gesprochen habe?«.

»Sicher. Auch, dass Du gut schläfst und nicht mehr bei Kleinigkeiten zusammenzuckst. Ein Riesenerfolg. Du bist nicht schwach, Mo. Wenn aber Dinge im Leben passieren, die zu tragen zeitweise zu schwer sind, versucht sich Deine Seele zu schützen. Das musst Du auch allen anderen zugestehen. Träumst Du manchmal noch schlecht?«.

»Ich genieße viele Episoden des Verarbeitens im Schlaf, in denen die schönen Dinge einen Platz erhalten, die ich erlebe.

Wenn aber dunkle Bilder kommen, kann ich sie lange nicht beiseiteschieben«.

»Hier greift das Meditieren. Meinst Du, ich konnte damals am nächsten Tag nach dem schrecklichen Unglück so weitermachen wie zuvor, nur eben als Witwer?«.

»Mich hat Deine Geschichte nie losgelassen, Tharge. Was Du mir erzählt hast, war unglaublich. Ich war klein und hatte noch nichts erlebt. Mir bereit es große Angst, dass es psychisch kranke Menschen wie Luan und Marvin gibt und denen nicht reicht, Tabletten zu nehmen und Gespräche zu führen. Man weiß nie, wer einem gegenübersteht. Bist Du heute misstrauischer?«.

»Ich gehe noch immer vorbehaltlos auf jeden zu, wenn es Dich auch überrascht. Ich projiziere nichts auf den Nächsten. Mit Bedacht wähle ich inzwischen vorsichtiger meine Freunde aus. Eddy sollte das mit Dir auch tun«.

»Wie bitte? Du denkst, dass ich kein echter Freund für ihn bin?«.

»Herrje, nein, Mo. Worte, so ehrlich gemeint sie sind, werden oft missverstanden. Ich wollte Dir mit auf den Weg geben, dass Ihr besser aufpassen müsst bei der Wahl Eurer ›Missionen‹. Ich mache mir Sorgen um Euch«.

Tharge atmet schwer.

»Wie muss es erst Euren Frauchen gehen? Ihr habt diese eine besondere Familie, während ich meine nur im Herzen tragen kann. Setzt das bitte nicht leichtfertig aufs Spiel«.

Was zieht Tharge aus seiner Jeansjacke?

Einen grünen Stein?

Ich beobachte, wie er ihn in seinen Händen rollt.

»Wieder so ein ›Zen-Ding‹?«. Ich befürchte die nächste langweilige Therapieeinheit.

»Der Jade meiner Sehnsucht«.

Eine Träne rollt über seine Hand und ich muss herausfinden, was es mit dem Stein auf sich hat.

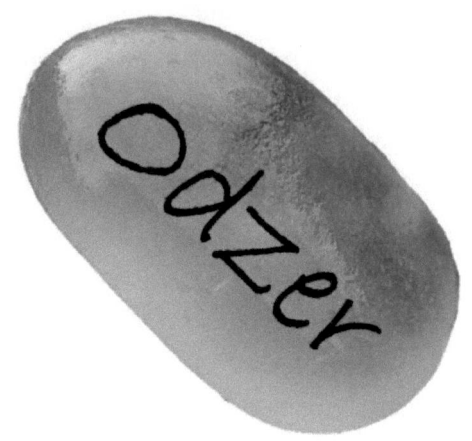

Lichtstrahl

Tharge legt mir wortlos den hübschen Stein vor meine Pfoten.

Durch die Sonnenstrahlen schimmert er in verschiedenen Tönen und ich erkenne eine Aufschrift.

»Odzer?«.

Ich denke laut über den Sinn des Wortes nach und erfahre, dass es so viel wie Lichtstrahl heißt.

Sein Licht an dunklen Tagen.

»Erinnerst Du Dich an unseren Ausflug an den Yamzhog Yumco[10]?«.

»An den was? Warte - meinst Du diesen tollen See?«.

Ein Lächeln illuminiert seinen Gesichtsausdruck.

---

[10] https://www.thechinaguide.com/de/sight/yamdrok-tso-lake

»Du erinnerst Dich? Ein größeres Geschenk habe ich in den letzten Jahren von keinem erhalten. Es war dieser Tag, an dem Dir die seltsame Stimmung im Kloster zugesetzt hat und Du erstmals auch mit Mönchen konfrontiert wurdest, die Dir nicht alles durchgehen ließen wie ich. Als sei es gestern gewesen, trage ich Deine Worte im Ohr, als Du über die gesamte Fahrtstrecke von achtzig Kilometer in meinem Pick-up gemeckert hast über die ungehobelte Art unseres Abtes. Immer wieder musste ich Dir erklären, dass er eine ganz besondere Rolle im Kloster spielt. Man widersetzt sich einem Abt nicht, doch das war auch nicht das Problem. Du hast aus purer Langeweile sein gesamtes Reich durchwühlt und zerlegt, bis Du fortgejagt wurdest. Meine Flucht mit Dir diente der reinen Schadensbegrenzung in der Hoffnung, dass sich der wütende Orkan wieder legt«.

»An meine Langeweile erinnere ich mich, nicht aber daran, dass ich Schaden angerichtet habe, erst recht nicht an diesen kahlköpfigen, viel zu schlaksig geratenen Griesgram in seinem bunten Kostüm«.

Was gibt es denn jetzt zu lachen?

»Sei es drum«, setzt Tharge fort.

»In meinen Augen hätte sein Prior - bevor Du fragst, denn ich sehe Deine großen Augen: - es handelt sich um seinen Stellvertreter, unser Kloster leiten sollen. Meine enge Beziehung zu ihm sorgte letztendlich dafür, dass Du nach unserer Rückkehr wieder im Kloster willkommen warst«.

Was mich manchmal rasend macht, ist, dass er wie auch andere Menschen beim Reden ausholen, als müssten sie mir die Welt erklären.

»Komm auf den Punkt. Wir waren bei unserer Seereise«.

»Deine Wortwahl irritiert mich. Was willst Du auf einem Schiff?«.

»Ich nichts, aber Kuddel aus unserem Buch ›Bootschaft‹«, rufe ich voller Begeisterung.

»Oh, Tharge, der ist so klasse. Ein Seefahrer außer Dienst mit vielen Geheimnissen, der Eddy und mir seine Flucht aufs Meer als Rettung erklärte. Du musst ihn kennenlernen, denn auch er hat viel erlebt, mit daraus resultierendem Lebensüberdruss. Seine Tagebücher, die ich zu lesen bekam, erschütterten mich. Kuddel lernte neu zu leben, ohne Meditation. Sein Kloster war die Beschäftigung mit Eddy und mir. Vielleicht brauche ich diese ›Missionen‹, um anderen zu helfen, weil mich Deine Geschichte nie losgelassen hat? Nicht jeder findet über den Glauben zu neuem Lebensmut«.

»Du siehst in mir jemanden, dem ich nicht entspreche, Mo«.

»Ich verstehe nicht ganz«.

»Später«.

Tharge wischt sich mit dem Ärmel über die Augen und wechselt viel zu schnell zum ursprünglichen Thema unserer Fahrt zum See durch die atemberaubende Natur, bestehend aus Wanderdünen und Bergen.

»Die extremen Wetterumschwünge sorgten für Angst in Dir und ich genoss es, Dein wichtigster Begleiter sein zu dürfen. Zwei Wolkenbrüche später kamen wir am See an. Schnell geriet der Streit im Kloster am

Vormittag in Vergessenheit. Mich hat es beeindruckt, wofür Du Dich alles begeistern konntest. Das kleine Blatt, das fortwehte, der Käfer, der vor Dir krabbelte, aber nicht um sein Leben fürchten musste, der Schmetterling auf Deiner Nase und dieser Stein, den Du zwischen Deinen Pfoten hin und her bewegt hast. Als Du müde Deinen Kopf auf ihn ablegtest, verwandelte sich der dunkle Himmel in ein strahlendes Blau. Eine nie da gewesene Faszination ging von diesem Schauspiel aus. Als wir uns spät am Abend auf den Heimweg machten, hattest Du den Stein längst vergessen, der in meiner Hosentasche steckte«.

»Dass Du ihn bis heute bei Dir trägst, berührt mich wie die Geschichte vom ›kleinen Prinzen‹«.

»Mein ›Odzer‹ hat mich mehrmals gerettet, sozusagen ein Heilstein der besonderen Art«.

Tharge gibt mir Rätsel auf, verspricht mir aber, mein Wirrwarr im Kopf aufzulösen.

Wir verabreden einen Tag am See.

Auf der Welle des Neubeginns

Nie hätte ich es für möglich gehalten, dass man in Wellen ebenso viel entdecken kann wie in Wolken.

Tharge verzaubert mich ganz ohne Worte.

Seine Blicke über das Meer, diese Euphorie bei dem Wechsel zwischen ruhigem Gewässer und dem Sprudeln, sobald ein Boot vorbeifährt.

Erstmals begreife ich, dass ich zu wenig sehe.

Klar, die Dinge, die einem direkt vor die Füße fallen, die treten deutlich hervor.

Aber Zwischentöne habe ich vorher nicht erkannt.

»Bitte kein Handy an diesem Ort, Tharge. Lege es weg«.

»Ich war jung«, versuche ich seine ganze Aufmerksamkeit zu erlangen, »als ich das erste Mal diese Stelle kennengelernt habe. Wenn man zuvor nichts vom Leben weiß, keine Tücken und Stolpersteine kennt, dann rennt man los. Mein Bauchklatscher direkt in die kalte Elbe sorgte dafür, dass ich Gewässern nicht mehr ohne Vorbehalte entgegentrete. Dennoch besuche ich diesen Ort gern«.

»Weil er Dir etwas bedeutet. Guck es Dir an, wie die Wellen das Wasser brechen. Jede Seele kann das. Wenn sie auch Erschütterungen ausgesetzt ist, wird sie kämpfen, solange man fühlt. Ich liebe das Meer, Mo. Gibt es etwas, das mehr von Bewegungen lebt? Ich glaube zu wissen, dass das Wasser trägt. Deinen verkrachten Sprung hätte ich gern miterlebt und Dich ein zweites Mal hineingeworfen. Du bist ein Kämpfer wie ich«.

»Eddy ist mein Kämpfer. Ohne ihn bin ich nichts«.

»Endlich höre ich den Satz, auf den ich am meisten gewartet habe. Eddy übernimmt eine wichtige Funktion«.

»Was macht er schon groß, außer gut auszusehen und mit Sprüchen die Menschen zu erreichen?«.

»Warum trittst Du mit der zweiten Pfote nieder, was die erste in voller Absicht nach oben gehalten hat? Merkst Du nicht, dass Du Dir mit Deiner Familie ein tragfähiges Gerüst aufgebaut hast?«.

Noch immer gelingt es mir nicht, ihn auf Anhieb zu verstehen, was für den Moment auch nicht nötig ist, weil Tharge mit seinem ›Zweirad‹ den Sandstrand weiter rollt.

»Wäre ich größer, würde ich Dich schieben, um Dir diesen Kraftakt zu ersparen. Sand kann widerspenstig sein«.

»Nicht mehr als Du. Wie gut, dass Du klein bist und ich mich nicht auf Hilfe ausruhen muss. Ich will hier entlang und meide bewusst den leichteren Weg oben auf dem Sandweg. Der Wille versetzt Berge, kennst Du diesen Spruch?«.

Ich nicke und beobachte ihn, wie er gut gelaunt und glücklich wirkend mit zwei Rädern immer wieder im Wasser landet.

»Machst Du das absichtlich?«.

»Was genau? Zwei Elemente verbinden? Das ist geplant. Wenn ich Wasser-erprobt bin, will ich mit Dir da rüber«.

»Vergiss es ganz schnell«.

Ich mache ihm einen Strich durch die Rechnung, als er zu einer Düne zeigt. Um diese zu erreichen, müsste ich schwimmen.

Scheinbar durchschaut mich Tharge ein weiteres Mal.

»Dir bleiben zwei Möglichkeiten. Entweder Du lässt Dich von mir rüberbringen oder Du beweist Kampfgeist. Glaubst Du wirklich, dass ich Deine Ängste nicht erkenne?«.

»Ich fürchte mich nicht vor Wasser«.

»Aber vor den Wellen. Jede steht für einen Neuanfang. Stelle Dich der Herausforderung, Mo. Du wirst daran wachsen«.

»Nur, wenn Du Deine Krücken schnappst und hinüberläufst«.

Zugegeben, meine Forderung ist unfair, verschafft mir dennoch einen Grund zu kneifen.

Was tut er da?

»Nein, Tharge, bleibe sitzen. Wenn Dir hier was passiert, kann ich bei dieser Abgeschiedenheit nirgendwo Hilfe holen«.

Hat er mich nicht verstanden?

Auf seinen Gehstützen setzt er einen Fuß vor den anderen und erreicht tatsächlich die Düne.

Glücklich rutscht er in den Sand, spielt mit dem Wasser, das um ihn herum fließt und ruft zu mir rüber, dass ich dran sei.

Mir jetzt eine Blöße zu geben, hieße der Verlust seiner Achtung.

Mein Körper zieht sich zusammen, als ich zu schwimmen beginne.

Bitte, Wellen, bleibt von mir weg.

Das ganz große Glück spielt mir in die Karten und ich lande unbeschadet vor Tharges Füssen.

Schweigend sitzen wir Seite an Seite und genießen diese Ruhe, bis etwas, das mir auf der Zunge brennt, keinen Aufschub mehr duldet.

»Ich hatte Angst, hier rüber zu schwimmen, aber noch größere, dass Du es ohne Deine Räder nicht schaffst«.

»Ich auch. Danke, dass Du so ehrlich bist. Dir mag es so vorkommen, als würde mir alles leichtfallen. So ist es nicht, doch ich habe gute Erfahrungen damit gemacht, Dinge auszuprobieren. Wenn ich sie bewältige, fühle ich mich unbesiegbar und größer«.

Er schaut mich an.

»Nein, Mo«.

Er schüttelt lachend den Kopf.

»Du hast jetzt nicht an mir hochgeschaut, um festzustellen, dass sich meine Körpergröße im Vergleich zu damals nicht verändert hat«.

Wie gut er mich doch kennt.

»Hast Du heimlich das Laufen neu gelernt?«.

»Mithilfe einer Physiotherapeutin gelingt es mir inzwischen relativ gut. Leider lässt sehr schnell meine Kraft nach, aber die Zuversicht wächst mit jedem Schritt«.

»Ich bin stolz auf Dich«.

»Dito. Von Eddy weiß ich, dass Du nicht gern schwimmst. Nun sitzen wir hier und endlich habe ich die Möglichkeit, mit Dir über Dich, Deine Familie und meine Pläne zu sprechen«.

»Muss ich Angst haben?«.

»Vor jemandem, der Dir nicht weglaufen kann?«.

Tharge spritzt mir Wasser ins Gesicht.

Übermütig beteilige ich mich am Spaß vor dem Ernst. Nass und überglücklich liegen wir platt auf der Sanddüne und schauen in den Himmel.

»Wolkenlesen?«, sprudelt es aus mir heraus, obwohl ich keine sehe, worauf ich Tharge aufmerksam mache.

»Ich ziehe ein Fazit aus der Zeit, die hinter uns liegt und uns beiden gutgetan hat«, beginnt er.

»Du erwähnst Marvin kaum noch, zuckst nicht mehr bei jeder Berührung zusammen und erlebst erholsamen Schlaf«.

Er setzt sich auf und schaut mir tief in die Augen.

»Ich habe Dir gesagt, dass Du jemanden in mir siehst, von dem ich weit entfernt bin. Als Luan meine Familie ausgelöscht hat, fand ich über meinen Glauben zu neuem Lebensmut. Diese Leere konnte ich nie - wie Du bei unserer ›Gefühlswanderung‹ - begraben. Ich fühlte mich ausgebrannt, bis Du geboren wurdest. Nie zuvor spürte ich diese Wärme, als ich Dich das erste Mal hochnahm. Rückblickend kann ich Dir nicht einmal sagen, ob der Buddhismus mich hielt oder mein kleiner Xinghuo. Ich hatte nie Augen für die anderen Hunde um mich herum. Zu Beginn Deiner Idee, mit Touristen unser Land zu verlassen, beruhigte ich mich, weil ich glaubte, es sei ein Hirngespinst. Dann kam der Tag, an dem mein Glauben mir nicht mehr half. Dieser Mann, der Dich hochnahm, diese Sterne des Glücks in Deinen Augen ... es wurde Ernst.

Du ahnst nicht, wie viel Kraft es mich gekostet hat, Dir zustimmend alles Gute in Deutschland zu wünschen und Dir nachzuwinken, bis ich Dich nicht mehr sehen konnte.

In diesem für mich traurigen Moment begriff ich, wie viel Halt Du mir gegeben hast«.

»Was habe ich Dir zugemutet, Tharge? Ich konnte nicht wissen, wie sehr Du an mir hingst. Warum hast Du mich nicht zurückgehalten?«.

»Weil ich meine Familie bereits hatte und es Dein größter Wunsch war, eine einzigartige für Dich zu finden. Wie egoistisch wäre es gewesen, Dich um dieses Glück zu betrügen und Dich als Stabilisator zu missbrauchen?«.

»Aber wir hätten auch eine gründen können«.

»Das ist es ja. In meinem Leben haben derartige Überlegungen keinen Platz. Du wärst an meiner Seite an Deiner Langeweile zugrunde gegangen. Irgendwann hätten wir uns dann nicht mehr so gut verstanden wie in Deinen unbelasteten ersten Lebenswochen. Schau auf Dein Leben, Mo. Ich verstehe, aus welchem Grund Du ›Mama Perfekt‹ zu Deiner ›Lieblingsmama‹ ernannt hast. Ich spüre ein Band zwischen Euch, viel stärker als das, was uns zusammenhielt. Ich mag mir nicht ausmalen, wie sehr sie gelitten hat, als Du in den Fängen von Marvin warst. Vielleicht noch viel mehr als später, als Du in der Folge erkrankt bist und ausgerechnet sie Dir nicht helfen konnte, obwohl sie Dir doch am nächsten steht. Das tut weh. Dazu Eddy, dem ich seine Schmerzen regelrecht ansehen konnte. In vielen Dingen reagierst Du oft über oder setzt Worte unbedacht ein und verletzt ausgerechnet die, die für Dich das Größte sind. Auch ›Mama Panik‹ liebt Dich uneinge-schränkt«.

»Bis zum letzten Satz bin ich dahin-geschmolzen, aber Du zerstörst - ähnlich wie ich mit Worten - auch schnell einen Zauber.

›Mama Panik‹ ist ein Witz, äh, witzig ist sie in den Momenten, in denen sie es nicht beabsichtigt, aber sie kann verdammt anstrengend sein. Ich liebe sie alle drei. Aber ›Mama Perfekt‹« ...

Ich halte kurz inne, weil ich nicht weiß, wie ich es sagen soll, ohne ihm wehzutun.

»Was ist mit ihr?«.

»Sie ist geballte Herzlichkeit und verkörpert alles für mich, Ärztin, Pflegerin, Freundin, Mama und die ganz große Liebe«.

»Genau das wollte ich hören. Du hast Deinen Platz gefunden und nichts bedeutet mir mehr«.

»Nimmst Du mir nichts übel?«.

»Wie könnte ich?«.

Sanft streichelt er mir über den Rücken.

»Ich wollte Dich nicht ausnutzen, als ich meine Familie bat, Dich zu suchen, weil nur Du mir helfen könntest. Eddy las in einer Wolke Deinen Namen, wie er mir später verriet und arrangierte die Suche nach Dir«.

»Wieder ein Zeichen. Ich habe scheinbar ebenso dringend Deine Hilfe gebraucht. Schau her«.

Tharge winkelt die Füße an, darüber hinaus gelingt ihm das Heranziehen eines Beines.

»Du hast meine Blockade gelöst«.

»Was hat Dich ausgerechnet nach Hamburg verschlagen?«.

»Ich wollte, nein, ich musste in Deiner Nähe sein«.

»Du konntest nicht wissen, wo in Deutschland ich untergekommen bin. Es war Zufall, oder?«.

»Ich habe es in einer Wolke gelesen, wirklich. Als es mir schlecht ging, habe ich meine Koffer gepackt und gehofft, in Deutschland eine neue Heimat zu finden wie Du«.

»Und?«.

»Ich habe Heimweh, Mo. Sobald ich auf den Rollstuhl verzichten kann, gehe ich erhobenen Hauptes zurück in unser Kloster«.

»Ist das mit uns zu Ende?«.

Ich schäme mich meiner Tränen nicht, die unaufhaltsam über mein Gesicht laufen.

»Meine beruflichen Aufgaben hier werden mich hin und wieder in Deine Nähe bringen. Und wenn Du mit Deiner Familie hier an die

Elbe gehst, siehst Du die Wellen, in denen Du
lesen wirst wie in den Wolken.

›Mission Jugendgruppe‹ ... Wir kommen

DANKE

Ich wähle diesen Weg des Danke-Sagens an die Bildautoren, die ihre Werke auf Pixabay [11] zur Verfügung stellen, die ich fantastisch finde und mir als Foto-Laien helfen, dem Buch einen besonderen Schliff zu geben.
Eine tolle Arbeit, die Ihr macht.
Ein herzliches Wuff-Wuff von Eddy und Mo.

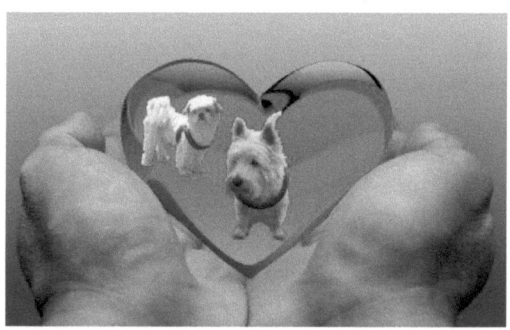

Bild von wagnercvilelavon
https://pixabay.com/de/photos/gef%c3%bchl-liebe-herz-spende-spenden-2446129/

---

[11] https://pixabay.com/de/

Cover:

Bild von PIRO auf Pixabay

https://pixabay.com/de/photos/feng-shui-steine-k%c3%bcste-1960783/

Bild von Adina Voicu auf Pixabay

https://pixabay.com/de/photos/m%c3%b6nch-mantel-schwarz-wind-1378196/

Seite 16

Bild von Antonio López auf Pixabay

https://pixabay.com/de/photos/mann-silhouette-meer-ozean-5619304/

Seite 28

Bild von Michi S auf Pixabay

https://pixabay.com/de/photos/cockpit-flugzeug-jet-luftfahrt-6381367/

Seite 32

Bild von Kant Smith auf Pixabay

https://pixabay.com/de/photos/tibet-jokhang-tempel-lhasa-1717188/

Seite 38

Bild von Kira auf Pixabay

https://pixabay.com/de/photos/glasscheibe-glas-kaputt-1497227/

Seite 38

Bild von Stefan Schweihofer auf Pixabay

https://pixabay.com/de/illustrations/herz-mond-nachthimmel-liebe-1164739/

Seite 40

Bild von Oskars Zvejs auf Pixabay

https://pixabay.com/de/photos/autounfall-feuer-stra%c3%9fe-unfall-2789841/

Seite 44

Bild von Sasin Tipchai auf Pixabay

https://pixabay.com/de/photos/junge-m%c3%b6nch-fluss-buddhist-wasser-1807518/

Seite 48

Bild von nrxfly auf Pixabay

https://pixabay.com/de/photos/tibet-lhasa-nachtsicht-895492/

Seite 53

Bild von Herbert Aust auf Pixabay

https://pixabay.com/de/photos/miniatur-rikscha-fahrrad-dreirad-1548303/

Seite 54

Bild von truthseeker08

https://pixabay.com/de/photos/theravada-buddhismus-nonne-neben-see-1867742/

Seite 60

Bild von Thomas H. auf Pixabay

https://pixabay.com/de/photos/wegweiser-schild-hinweis-3771023/

Seite 64

Bild von Ajay Lalu auf Pixabay

https://pixabay.com/de/photos/zebra-tiere-safari-s%c3%a4ugetiere-1141302/

Seite 79

Bild von Myléne auf Pixabay

https://pixabay.com/de/photos/hand-frau-pfote-hund-finger-4316948/

Bild von Bernd Müller auf Pixabay

https://pixabay.com/de/photos/m%c3%b6nch-portr%c3%a4t-chinese-mensch-mann-186094/

Bild von Joe auf Pixabay

https://pixabay.com/de/photos/stra%c3%9fe-nacht-licht-herz-ein-weg-4796107/

Seite 98

Bild von Claudia Peters auf Pixabay

https://pixabay.com/de/photos/portrait-witzig-verschroben-senior-1166986/

Seite 124

Bild von Gaby Stein auf Pixabay

https://pixabay.com/de/photos/fu%c3%9fabdruck-sand-fu%c3%9fspuren-strand-261337/

Seite 130

Bild von Andrea Don auf Pixabay

https://pixabay.com/de/photos/taube-kreuzen-h%c3%a4nde-feuer-gott-5450109/

Bild von patrick gantz auf Pixabay

https://pixabay.com/de/photos/portr%c3%a4t-person-mittleren-alters-alt-4690094/

Seite 136

Bild von Pech Frantisek auf Pixabay

https://pixabay.com/de/photos/rollstuhl-einsam-k%c3%b6rperlich-567812/

Seite 136

Bild von NoName_13 auf Pixabay

https://pixabay.com/de/photos/kerzenlicht-glaube-kerzen-3612508/

Seite 144

Bild von PublicDomainPictures auf Pixabay

https://pixabay.com/de/photos/menschen-messer-stechend-stechen-315910/

Seite 146

Bild von Gerd Altmann auf Pixabay

https://pixabay.com/de/photos/h%c3%a4nde-empfangen-licht-wertsch%c3%a4tzung-4153292/

Bild von Adina Voicu auf Pixabay

https://pixabay.com/de/photos/m%c3%b6nch-mantel-schwarz-wind-1378196/

Seite 154

Bild von martaposemuckel auf Pixabay

https://pixabay.com/de/photos/hund-schnauze-haustier-nahaufnahme-1334538/

Seite 155

Bild von esudroff auf Pixabay

https://pixabay.com/de/photos/tal-des-feuers-schlucht-felsen-1390258/

Seite 168

Bild von yogesh more auf Pixabay

https://pixabay.com/de/photos/tafel-geschichte-bloggen-glauben-620316/

Seite 169+172+175+179+181+185+188+193

Bild von Petra auf Pixabay

https://pixabay.com/de/photos/hyazinthe-blume-violett-lila-blume-1398839/

Seite 201

Bild von Stefan Keller auf Pixabay

https://pixabay.com/de/photos/fantasy-surreal-gott-fu%c3%9f-macht-3186483/

Seite 218

Bild von Goran Horvat auf Pixabay

https://pixabay.com/de/photos/pinke-rose-leere-schaukel-3656894/

Bild von congerdesign auf Pixabay

https://pixabay.com/de/photos/seil-strick-herz-liebe-zusammen-1469244/

Seite 220

Bild von Francisco Zuasti auf Pixabay

https://pixabay.com/de/photos/silla-de-ruedas-discapacidad-5842366/

Seite 225

Bild von Bernd Hildebrandt auf Pixabay

https://pixabay.com/de/photos/sankt-pauli-hamburg-reeperbahn-kiez-2156717/

Seite 227

Bild von Arek Socha auf Pixabay

https://pixabay.com/de/photos/wissen-neugier-verwechslung-ozean-3255140/

Seite 234

Bild von Siggy Nowak auf Pixabay

https://pixabay.com/de/photos/fertig-ende-abgeschlossen-1414156/

Seite 241

Bild von Bernd Hildebrandt auf Pixabay

https://pixabay.com/de/photos/sankt-pauli-hamburg-reeperbahn-kiez-2156717/

Seite 242

Bild von Engin Akyurt auf Pixabay

https://pixabay.com/de/photos/per%c3%bccke-farben-friseur-farbe-4685539/

Bild von Jill Wellington auf Pixabay

https://pixabay.com/de/photos/w%c3%a4scheleine-kleine-m%c3%a4dchen-kleider-804812/

Seite 244

Bild von Ulrike Mai auf Pixabay

https://pixabay.com/de/photos/dj-disko-beleuchtung-party-feier-937260/

Seite 252

Bild von Hans auf Pixabay

https://pixabay.com/de/photos/kiesel-steine-kieselsteine-bunt-1090536/

Seite 258

Bild von Welcome to All！ツ auf Pixabay

https://pixabay.com/de/photos/aurora-borealis-alaska-raum-1181004/

Seite 260

Bild von PublicDomainPictures auf Pixabay

https://pixabay.com/de/photos/deaktiviert-rollstuhl-krankenhaus-72211/

Seite 271

Bild von Tony Cordaro auf Pixabay

https://pixabay.com/de/photos/see-sonnenuntergang-felsen-bank-1802337/

Seite 272

Bild von andreas160578 auf Pixabay

https://pixabay.com/de/photos/rollstuhl-verlassen-mobilit%c3%a4t-1327822/

MIX
Papier aus verantwortungsvollen Quellen
Paper from responsible sources
FSC® C105338

FSC
www.fsc.org